대학생을 위한
맛있는 독서토론

대학생을 위한
맛있는 독서토론

정성현·하경숙·김정인 저

學古房

머리말

　앙드레 지드는 독서에 대해 이렇게 말했습니다. '나는 다른 사람들이 이렇게 읽었으면 좋겠다고 생각하면서 읽는다. 다시 말해 굉장히 천천히 읽는다. 나에게 한 권의 책을 읽는다는 것은 그 저자와 함께 15일 동안 집을 비우는 일이다'

　또한 앙드레 지드는 천천히 그리고 깊게 책을 읽을 것을 권합니다. 행간에 깃든 의미를 고민하며 상상하는 과정 속에서 책 읽기의 즐거움과 자신을 성찰할 수 있습니다. 그리고 읽은 내용을 다른 사람에게 알려준다는 마음으로 읽을 때 보다 넓고 깊게 읽을 수 있습니다. 책을 대충 읽고 내용만 이해해서는 다른 사람들에게 '이렇게 읽었으면 좋겠다.'고 말하기 힘들 것입니다. 책을 읽으며 자신을 성찰하고 저자와 끊임없이 질문하며 사유의 폭을 넓힐 때 비로소 좁은 시야가 트이는 경험, 내면의 꿈틀거리는 변화를 느낄 수 있을 것입니다.

　이처럼 책을 깊이 읽고 공감하며 생각의 폭을 넓힐 수 있는 방법이 바로 독서토론입니다. 독서토론은 자신을 둘러싼 세계에 대한 이해를 바탕으로 자신의 삶을 낯설게 보고 다양한 질문을 던지고, 자신의 시선을 높여 세상을 보는 시선을 넓혀줄 수 있습니다. 즉 과거와 현재의 삶을 통해 미래를 내다볼 수 있는 '통찰력'을 증진할 수 있게 됩니다.

　독서토론은 함께 책을 읽고 같이 문제를 해결하는 활동으로써 지식의 처리 및 활용 능력을 갖춰가는 '적극적 지식 수용'이라 할 수 있습니다. 독서토론을 잘하기 위해서는 책을 먼저 깊이 읽고 비판적으로 생각할 수 있어야 합니다. 글쓴이의 주장과 관점을 다양한 관점에서 살펴보고 내가 그동안 알고 있었던 사실이나 가치에 대해 의문을 가져야 합니다. 저자의 생각에 공감도 하고 때로는 저자의 주장과 관점이 현실에서 어떻게 이루어지는지, 실현가능한 지 따져보고 반박하면서 저자와 끊임없는 대화를 시도해야 합니다.

독서토론은 결과 중심이 아닌 과정중심으로 이루어집니다. 도서에 대한 다양한 관점, 특정 주제에 대한 새로운 해석과 논리적 사고, 문제 해결능력, 대안제시 능력 등을 키울 수 있습니다. 지금 우리사회에서 요구하고 인정하는 인재는 현실적인 문제를 풀기 위해 필요한 정보와 지식을 분별할 수 있고 정보를 결합할 수 있고 새로운 가치를 창출해 낼 수 있어야 합니다. 우리의 이러한 작업이 그러한 힘이 될 것이라 생각합니다. 독서토론을 하는 여러분들이 책읽기의 즐거움과 토론의 기초를 다져서 빛나는 인재가 되기를 바랍니다.

아울러 교재에 작품을 실을 수 있도록 허락해주신 저자 선생님들께 깊은 감사를 드립니다.

저자 일동

차 례

머리말 • 4

Part 1
독서와 토론은 세상을 바라보는 창이다 / 9

1. 독서는 세상을 바라보는 창   10
2. 독서습관과 독서태도   13
3. 효과적인 독서의 방법   14
4. 서평쓰기   22
5. 토론이란   27

Part 2
상상하며 새롭게 읽을 수 있다 / 47

태양 곁으로 날아간 이카루스   48
상처, 우리모두 상처를 가지고 있다   53
잃어버린 나를 찾는 방법을 모색한다   62
나, 타인, 우리 주변의 삶의 모습   69

교육, 성장 함께하는 우리의 모습   74

인간다움, 주체적인 삶, 효를 돌아본다   79

우리 주변을 둘러싼 다양한 이야기를 들어본다   87

함께 살지만 모든 짐을 함께 나누어야 하는 것은 아니다   98

우울, 새롭게 인식하기   103

함께 나아간다는 것   107

현재, 삶의 모습을 생각하게 한다   112

행복한 삶 그리고 꿈꾸는 우리   121

우화로 세상 읽기   129

참고문헌 • 138

Part 3
자유롭게 자신의 글을 쓸 수 있다 / 139

독서와 토론은
세상을 바라보는 창이다

I. 독서는 세상을 바라보는 창

독서는 세상을 살아가며 서로 공감하고 성장하기 위해, 가치 있는 삶을 살기 위해 가장 큰 도움과 힘이 됩니다.

특히 앞날이 불투명하고 막막하게 느껴질 때, 마음이 흔들릴 때 독서를 통해 자신의 삶과 앞날에 대해 깊은 호흡으로 생각할 수 있는 힘을 줍니다. 책 한 권을 읽고 인생이 단번에 역전된다는 말이 아닙니다. 독서를 하며 나와 세상을 이해하는 힘, 어려움에 대처할 수 있는 내공을 길러 나에게 새로운 가능성을 열어줍니다.

"남의 책을 많이 읽어라. 남이 고생한 것을 가지고 쉽게 자기 발전을 이룰 수 있다"는 소크라테스의 말처럼 독서는 가장 쉽고 효율적으로 우리를 변화시킬 수 있습니다.

제 4차 산업혁명 시대, 창의융합교육과 인성을 가꾸는데 독서가 더욱 중요해지고 있습니다. 독서를 통해 얻을 수 있는 효과에는 무엇이 있을까요?

독서는 자기주도적인 학습력을 키워줍니다.

사람은 책을 통해서 필요한 지식과 다양한 학문을 배웁니다. 독서는 자기주도적인 학습능력의 기초가 됩니다. 책을 읽으며 문자의 의미를 능동적으로 파악하고 자신만의 창의적인 의미를 구성하게 됩니다. 독서를 통해 풍부해진 배경지식은 학습능력을 높여줍니다. 독서를 통해 모르는 것을 알게 되고 새로운 것을 깨달아 가면서 지속적으로 학습동기와 흥미를 키울 수 있습니다. 이처럼 책을 통해 필요한 지식과 정보, 생각할 수 있는 힘을 키울 수 있고 자기 주도적으로 탐구하고 통합적인 학습능력을 키워줍니다.

독서는 살아가는데 더 나은 선택을 할 수 있도록 돕습니다.

독서를 통해 자신과 비슷한 입장, 혹은 다른 입장 등을 간접 경험하며 다양한 입장과 문제에 대해 생각하게 됩니다. 나라면 어떻게 행동할지, 다른 사람의 관점에서 어떻게 바라볼지 등 능동적으로 지식과 지혜를 계발하고, 문제해결력을 키우며 책을 읽기 전보다 나은 선택을 할 수 있도록 돕습니다.

풍부한 정서와 올바른 가치관을 키워줍니다.

독서는 지금까지 경험하지 못했던 감동과 정서, 도덕적 심성을 일깨울 수 있도록 도움을 줍니다. 책을 통해 기쁨, 슬픔 등 다양한 감정을 느끼기도 하고 한평생 마음에 새길 수 있는 감동과 교훈을 얻을 수 있으며 올바른 가치관으로 마음을 성찰하고 수양할 수 있도록 도움을 줍니다. 또한 다른 사람의 마음을 이해하고 긍정적인 삶의 태도와 정서를 가질 수 있도록 도움을 줍니다. 삶에서 부딪치는 수많은 문제를 해결하고 가치있는 삶을 살기 위해서는 독서력이 필수입니다.

새로운 지식을 창조할 수 있습니다.

지식 습득을 위해 가장 좋은 방법은 독서입니다. 내용을 이해하고 생각하며 다른 것과 융합하여 새로운 지식을 만들어 낼 수 있는 상상력과 창의력을 키울 수 있습니다. 독서를 많이 하면 할수록 학습의 전이가 촉발되고 지식의 융합을 통해 새로운 지식을 만들어내는 능력을 키울 수 있습니다. 뿐만 아니라 자신만의 판단과 의견 등을 확장할 수 있습니다.

평생학습력을 키웁니다.

　이제 평생학습시대입니다. 무엇인가 배우려면 책과 함께 할 수 밖에 없습니다. 인간의 모든 생애에 걸쳐 적기에 필요한 평생학습력 신장을 위해 독서는 매우 중요합니다. 독서는 일반적인 교양과 전문적인 지식을 두루 갖출 수 있도록 도울 뿐만 아니라 취미와 오락의 기회, 즐거움도 제공해줍니다. 꾸준한 독서를 통해 늘 배우고 생각하며 자신의 삶을 발전시킬 수 있습니다.

　토크쇼의 여왕 오프라 윈프리는 '책을 통해 나는 인생에 가능성이 있다는 것과 세상에 나처럼 사는 사람이 또 있다는 걸 알았다. 독서는 내게 희망을 줬다. 책은 내게 열려진 문과 같았다'라고 했습니다. 이처럼 독서는 우리들에게 희망과 비전의 씨앗, 그리고 힘차게 세상을 향해 뚜벅뚜벅 걸어갈 수 힘을 줍니다.

　세상을 바라볼 수 있는 드넓은 창, 독서의 창을 통해 세상의 숨결을 느끼며 지혜와 감동을 얻습니다. "거인의 어깨에 올라 더 넓은 세상을 바라보라."는 아인슈타인의 말처럼 독서를 통해 현재 자신의 삶에서 벗어나 더 큰 세상을 꿈을 꾸며 도약할 수 있는 힘을 얻습니다.
　누군가의 창은 너무나 작고 앞이 보이지 않을 정도로 뿌연 경우도 있습니다. 맑고 깨끗한 유리창, 넓고 큰 창으로 보아야 세상을 더욱 잘 볼 수 있지요. 이처럼 창을 가꾸는 능력, 창을 통해 세상을 보고 이해할 수 있는 능력 중 하나가 독서능력입니다.

　독서능력은 필자의 생각을 추론할 수 있는 의미 이해와 이를 통해 새롭게 구성한 능력을 바탕으로 추론 능력, 논리적 사고력, 상상력, 판단력 등의 다양한 사고 과정을 포함합니다.

그렇다면 책을 많이 읽기만 한다고 독서능력이 키워질까요? 독서는 의미를 단순하게 받아들이는 수동적인 행위가 아닌 스스로 의미를 새롭게 구성할 수 있는 창조 행위라고 할 수 있습니다.

책을 많이 읽는 것보다 어떻게 읽느냐가 더 중요한 까닭이 여기에 있습니다. 한 권이라도 깊이 있게 읽기 위해서 독서토론이 필요합니다.

2. 독서습관과 독서태도

여러분은 평소 책을 어떻게 읽나요? 아래의 문항을 읽고 'O' 또는 'X'표시를 하면서 나의 독서 습관과 태도를 점검해봅시다.

♠ 나는 어떤 책을 읽을지 일주일 혹은 한 달 단위로 미리 계획하면서 읽는다.
( )

♠ 평소에 읽고자 계획한 책을 다 읽는 편이다.( )

♠ 책을 읽고 다른 사람들과 이야기를 나누거나 토론을 즐기는 편이다.
( )

♠ 책을 읽으면 1시간 이상 읽는 편이다.( )

♠ 평소 궁금한 내용이 있으면 책을 찾아 보는 편이다.( )

♠ 책을 잘 읽는 방법에 대해 생각해보고 여러 시도를 해보는 편이다.
( )

♠ 책을 읽을 때에는 표지, 머리말, 차례 등을 훑어보면서 무슨 내용인지 추측해보는 편이다.(　)

♠ 책을 읽으면서 중요하다고 생각하는 부분에 밑줄을 긋거나 적는 편이다.(　)

'O' 개수 : ＿＿＿＿＿＿＿＿

자가 독서진단 및 평가

＿＿＿＿＿＿＿＿＿＿＿＿＿＿＿＿＿＿＿＿＿＿＿＿＿＿＿＿＿＿＿
＿＿＿＿＿＿＿＿＿＿＿＿＿＿＿＿＿＿＿＿＿＿＿＿＿＿＿＿＿＿＿

●● 올바른 독서습관을 키우기 위한 나만의 방법을 적어보아요.

나만의 독서목표를 세운다.
다양한 분야의 책을 골고루 읽는다.

3. 효과적인 독서의 방법

1) 배경지식 활성화 전략

배경지식이란 바로 자신이 알고 있는 경험이나 지식 등을 말합니다.

아는 만큼 보인다라는 말이 있습니다. 내용에 대한 배경을 잘 알고 있다면 모든 것이 쉬워집니다. 책을 보다 잘 읽기 위해서는 배경지식의 활성화가 필요합니다. 책을 통해 쌓인 배경지식과 경험을 다시 책을 읽는데 연결하여 읽으며 새로운 정보를 많이 배울 수 있고 차원 높은 독서를 할 수 있습니다.

배경지식 활성화는 기존에 알고 있었던 지식과 새롭게 받아들이는 정보 사이에 어떤 관련성이 있는지 생각해보는 것에서 출발할 수 있습니다. 〈세상에서 가장 아름다운 상처〉 동화를 읽기 전 아름다움과 상처에 대해서 내가 알고 있는 정보가 무엇인지 생각해봅니다.

책을 읽을 때에 자신의 처지나 느낌, 경험, 생각 등과 관련이 있는 부분에 밑줄을 그어봅니다. 지식정보책의 경우에는 특히 배경지식이 중요합니다. 저자의 정보, 책의 제목과 주요내용과 관련된 정보에 대해 이미 알고 있는 것이 무엇인지 생각해봅니다. 읽고자 하는 책과 관련해 아는 것이 별로 없다면 인터넷을 검색해보는 것도 좋습니다.

배경지식이 풍부한 경우와 그렇지 못한 경우 책을 읽고 이해하는 능력이 크게 차이가 납니다. 예를 들면 사회복지에 대한 전공서적을 읽을 때, 평소 사회복지분야에 대한 지식이 많은 학생은 보다 쉽고 깊이있게 책을 읽을 수 있을 것입니다. 책을 읽기 전 관련 배경지식을 떠올려보거나 찾으면서 독서를 한다면 보다 흥미있게 책을 읽을 수 있습니다.

2) 질문하며 읽기 전략

책을 읽는데 그치는 것이 아니라 생각하고 사고를 확장시키는 것이 중요합니다. 책을 읽으며 책이 우리에게 던지는 질문이 무엇인지, 스스로에게 던지는 질문은 무엇인지 그리고 이에 대한 답을 찾아가는 과정이 바로 능동적인 독서입니다.

　엘리 비젤이라는 미국의 유대계작가는 "질문(question)이라는 단어 속에는 다른 단어가 들어 있다. '찾아서 추구함(quest)'이란 아름다운 말, 나는 그 단어를 사랑한다."고 했습니다. 질문은 무엇인가 찾아서 방향을 세우고 이리저리 두들겨보며 무엇이 맞는지, 적합한지 궁리하는 과정이라고 할 수 있습니다.

　중국의 유명한 정치가인 마오쩌둥(모택동)은 '학문(學問)이라는 단어는 배우는 것學 묻는問 것을 가리키는 말이다. 우리는 열심히 배워야 할 뿐 아니라 열심히 묻기도 해야 한다.'라는 말을 남겼습니다.

　배움이란 그저 통째로 외우는 것이 아니라 질문을 통해 온전하게 내 것으로 만들어야 하는 것입니다.

 나의 독해 수준 점검하기

> 1수준 독해 : 사실 독해 – 책 속에 그대로 드러난 내용을 이해하는 수준입니다.
> 2수준 독해 : 추론 독해 – 책을 읽으며 내용이 드러나 있지는 않으나 추론하여 이해하는 수준입니다.
> 3수준 독해: 확대 독해 – 추론하여 읽고 더욱 확장하여 나의 삶이나 주변, 사회와 연관지어 넓게 이해하는 수준입니다.

　질문하며 읽는 것은 지적 호기심과 성취감을 느끼기 위해 중요한 전략입니다. 질문은 글의 내용을 분명하게 이해하는데 반드시 필요합니다. 또한 질문을 통해 책의 내용을 더 깊이 이해하고 새로운 아이디어 등을 떠올릴 수 있습니다. 선생님이 학생에게 질문하는 것도 중요하지만 학생 스스로 질문을 만들고 그에 대해 답을 찾아가는 과정에서 독서의 즐거움과 맛을 느낄 수 있습니다.

책을 읽다가 이해가 되지 않거나 저자의 주장에 의문이 생기면 밑줄을 긋습니다. 그리고 독서노트에 질문을 만들어 봅니다. '왜 이런 일이 생겼지?, 왜 이런 주장을 하지?, 이 내용은 이해하기 힘든데…' 등 의문이 생기는 부분을 적고 나만의 답을 찾기 위해 노력합니다. 스스로 문제를 해결하는 과정을 통해 보다 깊이 책의 내용을 파악할 수 있습니다.

질문은 책 속에서 바로 찾을 수 있는 사실을 확인하는 질문, 배경지식을 통해 추론할 수 있는 분석적 질문, 창의적인 생각이나 해결방법을 묻는 종합적인 질문, 무엇이 옳고 그른가 판단하는 평가하는 질문 등이 있습니다. 질문에 대한 답은 정해진 것이 아닙니다. 나만의 해답을 찾기 위해 인터넷이나 유튜브의 자료를 검색해도 좋습니다.

●● 질문하며 읽기의 효과

글의 내용을 보다 깊이 이해할 수 있습니다.
글의 내용을 오래 기억할 수 있습니다.
내가 무엇을 알고 무엇을 모르는지 알 수 있습니다.
늘 호기심을 갖고 탐구하려는 능력을 키울 수 있습니다.
스스로 호기심을 갖고 질문하며 답을 해보면서 사고력과 문제해결력을 키울 수 있습니다.
책을 읽고 나의 의문점을 적어봅시다.

3) 추론하며 읽기 전략

한 권의 책을 깊이 있게 독서하며 자신의 생각을 만들어가는 방법은 여러 가지가 있습니다. 그 중에서도 알고 있는 정보, 지식, 경험을 통해 추론하며 읽기는 글 이면에 숨어 있는 내용을 알게 되며 문제를 해결할 수 있는 기초를 마련해줍니다.

책을 잘 읽는다는 것은 단순히 글의 내용을 이해하는 것이 아닙니다. 자신의 경험이나 배경지식을 활용해 글의 내용을 적극적으로 추론하면서 숨은 뜻을 알 수 있어야 합니다. 글로 명확하게 뜻을 드러내지 않지만 주인공의 행동, 혹은 등장 인물과의 대화 등을 통해 추론의 단서를 발견할 수 있습니다. 다양한 상황, 인물의 입장이 되어 생각해보고 의문을 품으며 읽다보면 자연스럽게 추론능력을 키울 수 있습니다. 추론능력은 한 가지 생각이나 결론에 치우치지 않고 균형있는 사고를 하는데 큰 도움이 됩니다.

심청이 인당수에 빠지는 상황의 장면을 하나의 예로 들어보겠습니다.
심청이가 혼자 인당수에 빠진 이유는 무엇일까?
당시 인당수에 사람을 빠뜨리는 것이 당연한 일이었을까?
공양미 삼백 석에 자신의 목숨을 내어 놓는 일은 흔한 일일까?
선원들은 왜 심청이의 의견만 묻고 부모님의 의견은 묻지 않았을까?
나라에서는 선원들이 심청이 같은 처녀를 인당수에 빠뜨리는 것을 알고 있을까?

이러한 내용을 통해 당시 시대상황은 어떠한지 심청이의 가치관과 성격은 어떠한지 추론해볼 수 있을 것입니다.

내가 알고 있고 경험한 것 만이 정답일까요? 똑같은 내용이라도 시대에 따라 혹은 입장에 따라 전혀 다른 의미로 해석될 수 있습니다.

오바마 전대통령은 "일이 급히 돌아가고 숱한 정보가 난무할 때" 독서가 속도를 늦추고, 관점을 갖고, 다른 입장에서 생각하게 하는 능력을 주었다고 했습니다.

책을 읽고 전혀 다른 방법, 새로운 방향에서 생각해보고 또 다른 입장에서도 생각해보면서 요모조모 생각하며 읽는다면 '깊이'와 '차원'이 다른 통찰력과 더불어 살 수 있는 지혜와 따스한 마음, 포용하는 능력을 넓힐 수 있습니다.

4) 상상하며 읽기 전략

책을 읽으면서도 줄거리 위주나 빠르게 훑어 읽으며 독서의 즐거움을 느끼지 못하는 사람들이 많습니다. 아무리 좋은 책이라도 책 속에 어떠한 의미가 있는지, 어떠한 세상이 펼쳐져 있는지 알지 못하면 책읽기의 즐거움을 알 수 없습니다. 책을 많이 읽어야 한다는 것은 알고 있지만 제대로 읽는 방법을 아는 사람들은 그리 많지 않습니다. 진정한 독서란 책의 내용을 기억하는 것이 아니라 사고(思考)하는 힘을 키울 수 있어야 합니다. 이처럼 적극적으로 두뇌를 사용하면서 읽는 방법 중 하나가 바로 상상하며 책을 읽는 것입니다.

상상하며 읽기는 바로 마음속에 어떠한 이미지를 떠올리며 읽는 것을 뜻합니다.

만약 백설공주의 빨간 사과이야기를 읽고 있다면 누군가는 책 내용의 뒷 이야기를 연상하고, 누군가는 어느 가을날 사과에 얽힌 추억을 떠올리며, 그 누군가는 군침을 흘리며 탐스러운 빨간 사과를 떠올리지요. 이처럼 책을 읽으며 상상할 때, 자신이 공감할 수 있는 장면이 떠오릅니다. 똑같은 구절을 읽으면서도 각자의 공감이 다르니 서로 다른 장면이 떠오르게 됩니다.

상상력은 언어의 마술사입니다. 상상을 통해 현실의 세계에서 벗어나 우리들을 새로운 세상으로 이끌어줍니다.

 책을 읽으며 상상의 날개를 펼치는 방법

책을 읽기 전 책의 제목과 차례, 표지 등을 보며 어떤 내용인지 상상해봅니다.
책을 읽으면서 어떤 장면이 떠오르는지 생각해봅니다.
책을 읽기 전 상상한 내용과 책을 읽고 나서 어떤 차이가 있는지 생각해봅니다.
등장인물의 마음을 상상해봅니다.
특정한 상황에서 나라면 어떻게 판단을 하거나 행동할지 상상해봅니다.
특정 장면을 보고 이어질 내용을 상상해봅니다.
특정 장면을 보고 어떤 소리가 들리는지, 어떤 냄새가 나는지, 어떤 촉감이 느껴지는지, 무엇이 보이는지, 어떤 맛이 느껴지는지 상상해봅니다.
책의 내용과 관련된 나의 경험을 떠올려봅니다.

5) KWL 전략

책을 읽고 내용이 기억나지 않는 경우가 많습니다. 특히 어려운 지식이 담긴 정보책이나 전공서적 등을 읽을 경우 무엇을 읽었는지, 혹은 무엇부터 설명해야 하는지 떠오르지 않을 때가 많습니다. 이 때 새롭게 받아들이는 정보를 조직적으로 읽고 체계적으로 정리한다면 내용 이해도 빠르고 오래 기억할 수 있을 것입니다.

KWL 전략은 독해력을 향상시키기 위한 방법으로 읽을 책에 대한 배경지식을 활성화시켜 독서과정과 연결합니다. 특히 실용적인 도서의 내용을 능동적으로 정독하는데 KWL전략이 유용합니다. 이 전략은 책 속의 많은 정보뿐만 아니라 전체적인 흐름을 아는데 도움이 많이 됩니다.

K(what I know) : 배경지식 활성화 단계입니다.

책을 본격적으로 읽기 전, 책의 표지, 제목, 삽화, 목차, 소제목 등을 훑어보며 내가 이미 알고 있는 내용이나 단어를 씁니다. 책 내용과 관련된 단어를 연상해서 써도 좋습니다. 기존에 알고 있는 배경지식을 활성화시킬 수 있습니다.

W(what I want know) : 독서목적을 세우는 단계입니다.

책을 훑어보며, 목차, 소제목, 내용 등을 통해 내가 알고 싶은 것, 궁금한 내용 등을 질문으로 만들어 봅니다. 아는 것을 정리한 후 잘 모르지만 알고 싶은 내용에는 무엇이 있는지 찾아봅니다. 읽기 전에 의문을 갖고 질문으로 만들어보면 책을 읽는 목적도 분명해지고 더욱 정독할 수 있습니다.

L(what I learned) : 새로 알게 된 내용을 정리하는 단계입니다.

책을 읽고 나서 내가 질문한 내용에 대해 알게 된 점을 씁니다. 질문한 내용을 찾기 위해 여러 번 보게 되고 자연스럽게 복습하게 됩니다. 이 활동을 통해 책의 내용을 제대로 기억하고 자신의 것으로 만들 수 있습니다.

책을 읽기 전에 종이를 꺼내 세 칸으로 나누어 만듭니다.

K(이미 내가 아는 것)	W(내가 알고 것)	L(내가 알게 된 것)

*P(Plus) : 더 알고 싶은 내용

책을 읽고 더 궁금하거나 알고 싶은 내용을 정리해봅니다. 그리고 더 알고 싶은 점을 해결하기 위해 어떤 책을 읽어야 하는지 찾아봅니다.

P(더 알고 싶은 것, 새롭게 알고 싶은 것)

4. 서평쓰기

서평이란 말 그대로 책의 내용을 평가하는 글, 즉 비평하는 글입니다. 책을 읽고 난 후 자신의 관점으로 체계적으로 정리, 재해석하면서 독자들과 글로써 안내하고 '소통'하기 위해 쓰는 글이라고 할 수 있습니다. 서평의 중요한 기능 중 하나는 독자들에게 책에 대한 안내를 해 줄 수 있어야 합니다. 서평자는 책과 독자를 이어주는 중요한 다리 역할을 합니다.

아직 책을 읽지 않은 예비독자들은 서평을 통해 책을 선택하기도 하고, 책을 읽은 독자라면 자신의 생각과 무엇이 같고 다른지 비교해보며 생각을 확장시킬 수 있습니다.

독서감상문의 특징	서평의 특징
내가 감동을 느낀 부분이 중요합니다. 내가 재미있게 읽은 부분이 중요합니다. 나의 생각과 감상이 중요합니다. 대체로 '나는'이라는 주어를 사용합니다.	저자의 의도와 주제가 드러난 부분이 중요합니다. 작가가 강조하는 메시지가 중요합니다. 작가와 책이 주고자 하는 메시지가 무엇인지 드러내는 것이 중요합니다. 대체로 작품은, 저자는 이라는 주어를 사용합니다.

서평을 쓰는 과정은 크게 대상도서를 읽고 발췌, 메모하며 개요를 짠 후 초고, 퇴고로 나눌 수 있습니다. 개요를 짤 때는 서론-본론-결론 3단계로 나누어 써보기를 권합니다.

주로 서론 도입부분은 작가 및 작품 소개, 책을 읽게 된 배경이나 단상, 혹은 전체 느낌 또는 평, 간단한 작가 및 작품 소개 등으로 시작할 수 있습니다. 서론과 독자들이 호기심을 갖고 계속 읽을 수 있도록 주의를 끄는 점이 중요합니다. 책을 읽고 저자가 말하고자 하는 바가 무엇인지 논지파악을 제대로 해야 합니다. 저자가 자신의 주장이나 입장을 제대로 증명했는지 그 과정이 올바른지 등을 분석하면서 읽습니다. 독후감은 책을 읽고 느낀 점을 쓴다면 서평은 책을 읽고 자신의 부정적 혹은 긍정적인 면 등 논리적인 평가를 씁니다.

서평은 아직 책을 접하지 않은 독자를 대상으로 씁니다. 저자가 의도하는 바와 책에서 전달하고 하는 주제는 무엇인지 정확하게 파악한 후 씁니다. 글을 쓸 때에는 책의 내용과 자신의 의견을 명확하게 구분해서 써야 합니다.

서평은 '처음-중간-끝' 3단계로 구성해서 쓰면 좋습니다.

① '처음' : 책을 선택하게 된 동기나 이유, 혹은 책이 나오게 된 배경 및 저자가 제기하고 있는 핵심 주장 등을 언급합니다. 책에 대한 개괄적인 안내나 설명을 하기도 합니다.

② '중간' : 저자의 주장이나 논지를 분석하면서 그에 대해 평가하는 글을 씁니다.
책을 비평하는 자신의 입장이나 시각 또는 이를 바탕으로 한 자신만의 독자적인 해석, 감동이나 비판의 근거 등을 제시합니다.

③ '끝' : 이 책이 지닌 가치와 의미를 점검해보고 자신의 생각, 전망, 여운을 남기며 씁니다.

예)

도서명 :	출판사 :	읽은 날짜 :

이 책은 ~ 라고 생각합니다. : 책에 대한 주제나 간단하게 작가와 배경 소개를 합니다. 그리고 이 책을 어떻게 생각하는지 스스로의 견해를 밝힙니다.

그 이유는(이유와 근거 쓰기)

첫째,

둘째,

셋째

결론 : 전체 평 및 추천 이유 등. (그래서 이 책은~라고 생각한다. ~에게 추천합니다.)

예) 자유롭게 서평쓰기

도서명 :	출판사 :	읽은 날짜 :

서평 쓸 때 이것만은 필수 !

① 정확한 독해! 책의 저자가 의도하는 바와 책에서 전달하고자 하는 핵심을 정확하게 파악한다.
② 서평은 책의 내용과 자신의 의견을 명확하게 구분해서 써야 한다.
③ 서평의 대상이 되는 책을 포함하여 인용한 자료의 출처를 반드시 밝힌다.
④ 독서감상문은 주관적 느낌 위주로 쓰지만 서평은 주관적인 생각이나 판단도 객관적으로 기술해야 한다.

5. 토론이란?

1) 토의와 토론, 독서토론의 개념

토의는 함께 모인 사람들의 의사결정의 한 형태입니다. 서로 협의를 통해 통일된 의견을 구하는 것이 목적입니다.

토론에서는 찬성과 반대, 의견의 대립이 존재합니다. 토론은 주어진 논제에 대해 자신의 입장이 분명하며 자신의 주장을 타인에게 설득하는 것이 목적입니다.

토의는 참석자들이 자유롭게 타협하거나 의사를 표현할 수 있습니다. 토론을 할 때에는 사실, 논거, 근거에 의한 자기주장을 논리적으로 주장합니다.

토의의 목적은 여러 의견 중 통일된 의사결정을 위해 하나로 의견을 모으는 행위입니다. 공동의 문제를 해결하기 위해 서로의 의견을 자유롭게 표현하고 존중하면서 가장 최선의 해결책을 찾기 위한 것입니다.

그러나 토론의 목적은 문제해결을 위한 합리적인 결정에 도달하는 것입니다. 잘모르는 주제에 대한 정보를 제공하는 것이 아니라 서로가 연구를 통해 잘 알고 있는 주제에 대해 서로의 주장이 옳음을 설득하기 위한 것입니다.

 토론(Debate)이란?

> 주어진 논제(proposition)를 놓고 서로 찬성과 반대 입장으로 나뉘어 공정한 규칙을 지키며 상대를 설득하는 말하기 형식입니다.

* 독서토론이란 책을 읽고 특정 주제를 선정한 다음 서로의 의견을 나누는 과정이라고 할 수 있습니다. 독서토론은 결과 중심이 아닌 과정중심으로 이루어집니다. 독서토론을 할 때에는 도서를 선정하고 논제를 만든 다음 서로의 의견을 나누는 방법이 있고 토론 논제에 적합한 도서를 선정하는 경우도 있습니다.

독서토론을 통해 책을 한층 깊이 있게 분석하고 비판적으로 읽고, 내용을 재구성할 수 있는 능력을 갖출 수 있습니다. 도서에 대한 다양한 관점, 특정 주제에 대한 새로운 해석과 논리적 사고, 문제 해결능력, 대안제시 능력 등을 키울 수 있습니다.

2) 토론 전략

토론을 잘하기 위해서는 여러 가지 방법이 있지만 그 중에서도 대표적인 몇 가지를 알아보면 다음과 같습니다.

(1) 토론을 위한 책읽기

읽기(reading) 능력은 모든 학습의 기본이 됩니다. 토론은 논리와 그 논리를 뒷받침할 수 있는 지식이 있어야 합니다. 따라서 토론 주제에 대해 논리적으로 사고하고 필요한 지식을 갖추기 위해서는 비판적, 창의적 독서기술이 필요합니다. 배경지식의 양이 많은 팀과 그렇지 않은 팀이 승부를 가른다면 당연히 토론거리가 많은 팀이 승자가 될 수밖에 없습니다. 배경지식을 나의 정보와 지식으로 만들기 위해서는 평소에 꾸준히 독서를 해야 합니다. 토론에서 자주 등장하는 단어는 논제와 관련된 핵심인 경우가 많습니다.

토론을 잘하기 위해서는 기본적으로 내용을 다양한 관점에서 바라볼 수 있어야 합니다.

(2) 필요한 자료 선별하기

토론 주제가 정해졌다면 그에 필요한 자료를 찾을 수 있어야 합니다. 관련 주제 도서, 미디어 등을 통해 자신에게 필요한 정보를 찾아봅니다.

설득력 있는 발언을 하기 위해서는 자신의 주장을 뒷받침하는 증거가 필요합니다. 예를 들어볼까요? 미세먼지 때문에 우리의 건강이 위협을 받고 있다고 합니다. TV 뉴스에서도 보도된 적이 있고 제 주변 사람들 역시 숨을 쉬는 것을 힘들어합니다. 이렇게 막연하게 근거를 펼친다면 설득력이 없습니다. '00 기관의 통계에 따르면, 혹은 00의료칼럼에 의하면' 하는 식으로 정확하게 출처를 제시하고 내용을 구체적으로 제시해야 신뢰를 얻을 수 있습니다.

즉 내가 펼치고자 하는 주장에 대한 근거로 활용할 수 있는 '통계, 사례, 기록' 등을 잘 선별할 수 있는 능력이 필요합니다.

(3) 내용구성하기

필요한 자료를 충분히 찾았다고 해서 끝나는 것이 아닙니다. 위와 같은 방법으로 얻은 자료를 체계적으로 구성할 수 있어야 합니다. 자신의 주장, 혹은 반박으로 활용할 내용 등을 선별해서 토론순서에 따라 준비합니다.

(4) 경청하기

토론은 자신의 입장만 발표하는 것이 아니라 상대방의 의견을 경청하고 이에 대한 오류를 찾아내거나 찬반 의견을 밝힐 수 있어야 합니다. 토론을 잘하기 위해서는 상대방의 이야기를 잘 듣고 이해를 잘하는 것이 기본입니다.

상대방이 발표할 때, 집중해서 들으며 간단하게 메모를 합니다. 상대방이 발표한 내용 중 핵심이 무엇인지 파악하고 근거는 무엇인지, 잘못된 점은 없는지 판단하며 듣습니다.

(5) 말하기

토론을 할 때에는 자신의 생각을 차분하게 발표할 수 있어야 합니다. 생각을 조리 있게 말하는 능력, 정확한 발음 등이 필요합니다. 자신의 생각을 담은 말을 상대방이 잘 들을 수 있도록 또박또박 표현해야 합니다. 자신이 전달하고자하는 내용의 핵심 요점을 먼저 말하고 설명과 근거를 뒷받침하는 두괄식 형식으로 말하는 것이 좋습니다.

●● 발표불안증

발표불안증은 무대공포증이라고도 합니다. 막상 발표를 하려고 하면 얼굴이 빨개지거나 심장소리가 크게 들려서 긴장하는 경우가 있습니다. 이는 발표를 잘하는 사람이나 그렇지 않은 어느 누구에게나 일어나는 자연스런 현상입니다.

누군가 자신을 주목해서 본다는 압박감, 실패에 대한 두려움, 낯가림, 스피치 내용에 대한 자신감 여부 등이 발표력에 영향을 미치게 됩니다. 발표불안증은 누구에게나 있는 것이라 생각하고 마음을 편안하게 갖습니다. 1974년 캐나다 토론토대학에서 사람이 가질 수 있는 두려움의 종류와 강도에 대해 조사를 했습니다. 조사결과 '대중 앞에서의 연설이 41%, 금전문제 22%, 죽음 19%, 어두움 8%' 순이었다고 합니다. 이를 통해 대중 앞에서 발표하는 것이 누구에게나 심각한 부담감이라는 것을 알 필요가 있습니다.

발표 전 몸의 긴장을 풀어주기 위해 가벼운 운동과 발표 연습을 하면 보다 유연하게 발표할 수 있습니다.

■ **발표불안증 체크리스트[1]**

다양한 의사소통에서 느끼는 나의 기분	전혀 그렇지 않다 (1점)	약간 그렇지 않다 (2점)	보통 이다 (3점)	약간 그렇다 (4점)	아주 그렇다 (5점)
1. 일반적으로 그룹토론에 참여하는 동안 편안하다.					
2. 그룹토론에 참여하고 싶다.					
3. 그룹토론에 참여하는 동안 침착하고 느긋하다.					
4. 회의에 참여하는 동안 보통 침착하고 느긋하다.					
5. 회의에서 견해 피력을 요청했을 때 침착하고 느긋하다.					

---

[1] 맥그로스키가 개발한 '자기보고식 의사소통 불안감 척도'를 수정 보완한 체크리스트. 대화, 집단, 회의, 스피치라는 네가 상황에서의 불안 정도를 나타낸다.

다양한 의사소통에서 느끼는 나의 기분	전혀 그렇지 않다 (1점)	약간 그렇지 않다 (2점)	보통 이다 (3점)	약간 그렇다 (4점)	아주 그렇다 (5점)
6. 회의에서 질문에 답할 때 매우 느긋하다.					
7. 나서서 말하는 것을 두려워하지 않는다.					
8. 보통 대화하는 동안 아주 침착하고 느긋하다.					
9. 새로 알게 된 사람과 대화하는 동안 매우 느긋하다.					
10. 스피치 하는 것에 대한 두려움이 없다.					
11. 스피치 하는 동안 느긋하다.					
12. 스피치해야 할 경우 자신을 가지고 대처해나간다.					

■ 평가 기준
▶ 40점 이상: 의사소통의 문제가 없는 상태.
▶ 35점~39점: 의사소통에 약간의 문제가 있으나, 걱정할 필요는 없는 상태.
▶ 25점~34점: 의사소통의 문제가 있으므로 훈련이 필요한 상태.
▶ 24점 이하: 의사소통에 심각한 문제가 있는 상태. 체계적인 훈련이 급함.

●● 스피치 내용

'어떻게 말하느냐' 보다 '무엇을 말할 것인가'에 초점을 맞추어야 합니다. 아는 만큼 느끼고 느낀 만큼 표현한다는 말이 있습니다. 다음과 같은 간략한 구조로 메시지를 만드는 훈련을 해보면 조리 있게 표현할 수 있습니다.

설득력 있는 메시지는 무엇을 이야기 하는지 핵심주제와 결론이 분명하게 제시되어야 합니다.

스피치의 성공여부는 무엇보다 말하고자 하는 내용구성이 서론, 본론, 결론이 논리적으로 탄탄해야 합니다. 단순하게 주장하거나 일방적인 설명이 아닌 체계적으로 전달할 수 있는 핵심메시지와 조직 구성이 명확해야 합니다.

서론	주제를 말하는 이유(처음시작이므로 사람들이 집중할 수 있는 내용 선택)
본론	주장과 근거 혹은 증거 사례(원인을 밝히고 결과를 찾아가는 방법 등 말하기 목적에 따라 다르다)
결론	마무리 요약 (앞의 내용을 정리한 후 청중에게 호감을 줄 수 있는 말로 마무리한다.)

●● 음성언어와 비언어

　말은 단순히 그 내용만 중요한 것이 아니라 발음과 발성, 말투도 중요합니다. 또한 그것을 전하는 이미지 즉 말하는 사람의 외모, 의상, 몸짓, 표정 등 비언어적 요소도 설득력에 큰 영향을 미칩니다. 미국 캘리포니아 대학의 심리학자 앨버트 메라비안 교수는 커뮤니케이션을 구성하는 요소 3가지를 강조하면서 그 중요도를 다음과 같이 제시했습니다.

　내용면 : 무엇을 말하는가 7%
　청각적 : 어떻게 들리는가 38%
　시각적 : 비언어 (visual, 태도, 자세, 몸짓, 손짓, 복장 등) 55%

　이러한 결과에서 보여주는 것은 바로 내용도 중요하지만 그것을 전달하는 목소리와 태도역시 중요함을 알 수 있습니다.

●● 경청

　그리스의 철학자 제논(Zenon ho kyprios)은 "신은 인간에게 두 개의 귀와 하나의 혀를 주셨다. 인간은 말하는 것의 두 배 만큼 들을 의무가 있다"라고 했습니다. 이는 말하는 것 보다 듣는 것이 얼마나 중요한지 강조한 말입니다.

　듣는 방법은 두 가지, 즉 '귀로 듣다'와 '귀를 기울이다' 두 종류가 있습니다. 토론에서 필요한 능력은 바로 귀를 기울이는 경청의 능력입니다.

3) 다양한 토론의 종류

(1) 비경쟁식 토론

　비경쟁식 토론이란 점수를 내거나 승패를 나누지 않는 토의식 토론을 말합니다. 비경쟁토론은 선택한 책을 각자 읽고 스스로 질문을 만든 다음 그 질문으로 자유롭게 토론하는 형식이 많습니다. 비경쟁식 토론의 종류는 다음과 같습니다.

가. 짝 토론

　짝과 함께 진행하는 토론입니다. 둘이서 도서 내용과 관련하여 토론 주제에 대해 자유롭고 편안하게 대화합니다.

　정해진 시간 내에 한 명이 의견 발표 후 다른 한 명이 자신의 의견을 발표합니다. 그 다음 돌아가면서 상대방 의견의 문제점을 이야기 하거나 자신의 의견이 옳음을 다시 한 번 제시하며 토론합니다.

독서토론주제		
결　론	찬　성	반　대
이　유		
설　명		
반　박		
예　외 정　리		

나. 신호등 토론

특정한 색으로 자신의 생각을 나타낼 수 있기 때문에 학생들이 가벼운 마음으로 토론에 임할 수 있습니다. 신호등의 색인 빨강, 초록(파랑), 노랑 색지 카드를 사용해서 자신의 의견을 표현하는 토론방법입니다. 토의, 토론 주제에 대해 어떤 생각을 하는지 전체의 의견을 빠르게 파악할 수 있습니다.

도서의 내용과 관련해 토론하기에 적합한 토론 주제를 구성원끼리 토의하여 선별한 후에 3~4가지 토론 주제를 단계적으로 제시하며 신호등 토론을 진행합니다. 진행에 앞서 학생들에게 빨강, 초록, 노랑색의 신호등 카드(표지판)를 나누어줍니다.
 - 토론진행자가 토론 주제를 제시하면 각자 초록(찬성), 빨강(반대)색, 보(노랑) 신호등을 들어 자신의 의견을 표현합니다. 전체의 의견을 빠르게 알 수 있고 토론 주제에 대한 자신의 생각을 편안하게 이야기할 수 있는 점이 좋습니다.

찬성 이유 (초록)	중립(잘모르겠음, 판단보류 등) 이유	반대 이유 (빨강)

다. 월드카페(worldcafe)

월드카페토론이란 마치 카페에서 대화를 하듯이 자유롭게 토의하는 비경쟁식 토의 방법 중 하나입니다. 다양한 사람들과 창의적인 생각을 나눌 수 있습니다. 월드카페토론은 수평적으로 토론이 가능하고 자신의 생각 뿐만 아니라 많은 사람들의 의견을 경청할 수 있습니다.

① 독서 후 모둠별로 토의 주제를 정합니다.

② 자유롭게 토의 주제에 대해 토의하면서 큰 종이에 기록하고 메모합니다. 브레인스토밍 형식도 좋습니다.

③ 1차 토의 후 모둠의 사회자(주인, 기록자, 발표자)가 있고 그 외 모둠원들은 순차적으로 다른 모둠으로 가서 2차토의를 합니다. 이때 사회자는 그 자리에서 새로 온 손님(토론자)들에게 자신 모둠의 1차 토의 내용을 전달하며 그 내용에 대해 새롭게 토의를 합니다.

④ 손님들이 자유롭게 큰 종이에 토의내용을 첨가합니다.

⑤ 모두 제 자리에 돌아간 후 각 팀의 호스트가 나와서 1차, 2차 토의 내용을 정리하여 발표합니다.

- 카페 주인(발표자, 기록자)은 토론이 마칠 때까지 그 자리에 있으면서 토론자의 이야기들을 적고 다른 손님들이 오면 설명해 줍니다. 마지막에 정리해서 발표합니다.
- 손님(토론자)들은 자신의 생각을 이야기한 후 여러 토론주제가 오간 다른 모둠원의 테이블을 자유롭게 오가며 이야기를 나눕니다.

참고 : www.theworldcafe.com

라. 브레인라이팅(Brain Writing) 토론

브레인라이팅 토론이란 '브레인스토밍(Brain storming)'처럼 자유롭게 연상하며 자신의 의견을 써서 다른 사람들과 의견을 공유하는 토론 방식입니다. 모호하거나 막연한 개념을 가지고 토론할 때 아이디어를 브레인스토밍을 하고 이 내용을 다시 상위, 하위 개념으로 나누고 유목화합니다. 이 과정을 통해 적극적인 참여와 번뜩이는 아이디어, 협의 능력을 키울 수 있습니다.

토론의 방법은 다음과 같습니다.

① 여섯 명 안팎의 인원을 한 조로 구성합니다.

② 커다란 도화지나 전지를 모둠별로 나누어 줍니다. 나중 자신이 쪽지에 쓴 글들을 모둠용 전지에 정리할 수 있도록 합니다.

③ 토론 주제를 제시합니다.

④ 종이에 적고 자신의 의견을 발표합니다. 이 때 내용을 몇 개이상 할 것인지 제시해줍니다.

⑤ 각자 돌아가면서 발표할 때 자신이 적은 내용도 분류하며 유사한 범주의 것들을 같은 구역에 모아 놓습니다.

⑥ 모두 자신이 적은 글을 설명하면 비슷한 것끼리 모인 글을 범주화하여 분류된 내용을 포괄하는 상위 제목을 만들어서 종이의 가장 위에 붙입니다.

⑦ 상위 범주를 총괄하는 전체 제목을 붙입니다.

⑧ 모둠별로 전지를 벽에 모두 붙인 후 모둠의 활동결과를 돌아다니면서 감상합니다. 그리고 모둠 대표자가 나와서 자신의 모둠에서 나온 내용을 설명합니다.

(2) 경쟁과 비경쟁 혼합형 토론

- (사)전국독서새물결모임의 이야기식 독서토론

　이야기식 독서토론은 (사)전국독서새물결모임의 대표적인 토론방식입니다. 마치 친구들과 이야기를 나누는 듯 편한 분위기의 토론입니다. 다양한 주제를 다양한 방법으로 진행하는 쉽고 재미있는 토론방식입니다. 대상도서를 읽고 느낌도 나누고 토의하며 쟁점에 대한 찬반토론도 함께 진행하는 혼합형 토론입니다. 모든 학년에서 적용이 가능합니다.

　이야기식 독서토론은 사회자가 미리 써 온 발문을 중심으로 다양한 논제에 관한 이야기를 나눕니다.

　이야기식 토론은 책을 읽어오지 않아도 자유로운 분위기에서 능동적으로 참여할 수 있습니다. 그리고 토론 내용에 대해 다각적으로, 입체적으로 접근할 수 있습니다. 책에 대해 배경지식, 내용, 삶과 우리 사회와의 관련성 등으로 깊이 있는 이해와 토론이 가능합니다. 또한 소수의 참여자가 아닌 다수, 학습자 전체가 참여할 수 있습니다.

- 이야기식 독서토론 발문 만드는 법-

　진행과 분위기가 자유로운 만큼 사회자의 진행에 잘 따르며 자신이 적극적으로 발언 기회를 만들어가는 것이 좋습니다.

　이야기식 독서토론 발문은 정답을 묻는 것이 아닌 토론자들이 다양하게 반응하고 생각할 수 있는 발문을 만들어야 합니다.

- 1단계는 배경지식 관련 발문을 만듭니다. 주제 도서를 읽지 않아도 쉽게 말할 수 있는 내용으로 구성합니다.

- 2단계는 도서 내용 관련 발문을 만듭니다. 단답식이나 암기해야 하는 내용이 아니라 책을 읽은 학생들은 충분히 생각할 수 있는 발문으

로 구성합니다.

- 3단계에서는 도서내용과 연계한 인간의 삶이나 사회와 관련된 내용을 발문합니다. 실제로 토론이 이루어질 수 있는 발문이 필요합니다.

출처) http://readingkorea.org

(3) 경쟁식 토론

경쟁식 토론은 보편적으로 교차질의식, 찬반대립형으로 진행하는 방식을 말합니다. 궁극적으로 토론은 자신의 생각이 옳음을 증명하고 설득하는 것이기 때문에 '경쟁'이 전제되어있다고 볼 수 있습니다. CEDA 토론, 공공포럼식 토론, 의회식토론, 링컨 더글라스 토론 등이 있습니다. 토론방식은 수업시간이나 교육의 목적에 맞게 입론, 반론, 질의, 최종발언의 시간이나 횟수를 조절하여 변형된 방식으로도 많이 사용하고 있습니다.

●● CEDA 형식토론

CEDA(Cross Examination Debate Association)는 '교차조사식디베이트협회'의 약자입니다. 1971년 미국의 '남서부교차조사디베이트협회(the Southwest Cross Examination Debate Association)'에서 유래된 토론입니다.

상대방 주장에 대해 질의 하는 시간이 있으며 즉석 질문과 반박을 하는 순발력이 필요합니다. 현재 미국의 대학간 토론대회는 물론 우리나라에서도 널리 사용되고 있는 토론형식의 하나입니다.

각 팀은 두 사람으로 구성되며 토론자는 각각 세 번의 발언 기회(입론, 반박, 교차조사)를 합니다.

- 진행방식

  긍정측 첫 번째 토론자의 입론 ·································· 8분

  부정측 두 번째 토론자의 질문 ·································· 3분

  부정측 첫 번째 토론자의 입론 ·································· 8분

  긍정측 첫 번째 토론자의 질문 ·································· 3분

  긍정측 두 번째 토론자의 입론 ·································· 8분

  부정측 첫 번째 토론자의 질문 ·································· 3분

  부정측 두 번째 토론자의 입론 ·································· 8분

  긍정측 두 번째 토론자의 질문 ·································· 3분

  부정측 첫 번째 토론자의 반박 ·································· 4분

  긍정측 첫 번째 토론자의 반박 ·································· 4분

  부정측 두 번째 토론자의 반박 ·································· 4분

  긍정측 두 번째 토론자의 반박 ·································· 4분

  준비 시간(각 팀당 10분씩)

  총 소요시간 ·································· 60분

교차토론 모형(2:2)

긍정 측		부정 측	
토론자1	토론자2	토론자1	토론자2
① 입론(8분)			② 교차조사(3분)
④ 교차조사(3분)		③ 입론(8분)	
	⑤ 입론(8분)	⑥ 교차조사(3분)	
	⑧ 교차조사(3분)		⑦ 입론(8분)
⑩ 반박(5분)		⑨ 반박(5분)	
	⑫ 반박(3분)		⑪ 반박(3분)

* 약식 CEDA 방식 토론

순서	토론절차	주요한 내용	예시
1	찬성 1번 토론자 입론	주요 개념 정의/ 논의배경/ 필수 쟁점에 대한 논리적 주장을 합니다.	4분
2	반대 2번 토론자 교차조사	찬성측 논리에 어떤 허점이 있는지 교차조사를 합니다.	2분
3	반대 1번 토론자 입론	찬성측의 입론의 논리의 허점, 오류 등을 드러내며 자신측의 입장을 발표합니다.	4분
4	찬성 1번 토론자 교차조사	반대측 주장에 어떤 오류가 있는지 교차조사를 합니다.	2분
5	찬성 2번 토론자 입론	반대측의 주장을 논박하며 자신 측의 입장을 보완하여 탄탄하게 세웁니다.	4분
6	반대 1번 토론자 교차조사	찬성측 논리에 어떤 허점이 있는지 교차조사를 합니다.	2분
7	반대 2번 토론자 입론	찬성측 주장을 반박하며 자신측의 입장을 보완하여 탄탄하게 세웁니다.	4분
8	찬성 2번 토론자 교차조사	반대측 논리에 어떤 오류와 허점이 있는지 교차조사를 합니다.	2분
9	반대 1번 토론자 마무리 반박	찬성측이 제시한 내용들 중 반대측에 유리한 주장을 부각하며 반박합니다.	3분
10	찬성 1번 토론자 마무리 반박	반대측이 제시한 모든 주장을 효과적으로 반박합니다.	3분
11	반대 2번 토론자 마무리 반박	찬성측 허점을 명료하게 요약하면서 자신측이 승리할 수 밖에 없음을 청중들에게 설득합니다.	3분
12	찬성 2번 토론자 마무리 반박	반찬성측 허점을 명료하게 요약하면서 자신측이 승리할 수 밖에 없음을 청중들에게 설득합니다.	3분
시간배분은 입론-교차조사-반박 순으로 기본시간 8분-3분-4분이지만 [Cross Examination Debate Association(2014)] 예시와 같이 목적에 맞게 조절해서 사용합니다.			36분 +@

●● 공공포럼토론

공공포럼 토론은 미국에서 2002년에 첫 전국대회가 개최되어 빠르게 확산되고 있습니다. 이 유형은 단계별로 다양한 참여 방식으로 설정되어 있어 마치 단계별로 게임을 즐기는 듯한 효과가 있어 널리 퍼지고 있습니다. 같은 토론자끼리 같은 역할을 수행한다는 점이 주요 특징입니다.

* 공공포럼토론 형식

긍정/부정 측				부정/긍정 측			
첫 번째 토론자	두 번째 토론자	세 번째 토론자	네 번째 토론자	첫 번째 토론자	두 번째 토론자	세 번째 토론자	네 번째 토론자
① 입론4분				② 입론4분			
③ 교차 질문 3분 (1번 토론자끼리)							
	④ 반박4분				⑤ 반박4분		
⑥ 교차 질문 3분 (2번 토론자끼리)							
	⑦요약2분				⑧요약2분		
⑨전원 교차 질문 3분							
			⑩최종핵심 2분				⑪최종핵심 2분

* 공공포럼 토론진행

1) 입장과 차례 정하기

동전 던지기를 통해 이긴 팀이 찬성과 반대 입장 중 하나를 먼저 선택
하고 진 팀은 발언 순서를 정할 수 있습니다.

2) 입론하기

논제의 배경과 주요 개념을 정의합니다. 그리고 논제에 대해 찬성하는
지 반대하는지 주장한 후 이에 대한 근거를 4분간 발언합니다.

3) 교차질문하기1

입론한 토론자 1번끼리 3분간 교차질문을 합니다. 이 때 한 번이나
두 번 정도의 질문을 주고 받을 수 있습니다.

4) 반박하기

토론자 2번끼리 반박을 주고 받습니다. 상대방이 발표한 입론과 교차
질문에서 알게 된 정보를 정리하여 4분씩 반박합니다.

5) 교차질문하기 2

토론자 2번끼리 주고받은 핵심 반박 내용에 대해 의문점, 논리적 오류
등을 파헤치는 교차질문을 합니다.

6) 요약하기

각 팀의 핵심 쟁점이 무엇인지 정리한 후 2분간 요약합니다. 자신
팀의 발언 내용 중 중요한 내용만 전달합니다.

7) 전원교차 질문하기

요약단계를 통해 분명해진 서로의 입장을 바탕으로 전원이 3분간 교차 질문과 대답을 주고받습니다.

8) 최종핵심

양 측 모두 핵심 쟁점에 대해 발표합니다. 그리고 자기 측이 승리해야 하는 이유를 2분 안에 쉽고 간결하게, 인상적으로 마무리합니다.

교육을 목적으로 하는 토론의 평가는 사고의 합리성과 유연성 그리고 논증과 설득과정 등을 총체적으로 판단해야합니다.

토론은 대립하고 갈등하는 문제 상황을 해결하기 위한 방법으로 상대방을 설득하는 데에 목적이 있습니다. 설득의 대상은 객관적인 제 3자(청중, 심사자)입니다. 토론의 평가는 양 팀이 치열하게 토론하는 과정을 돌아보면서 승패를 통해 서로의 능력을 견주어 보는 것입니다. 또한 지금보다 나은 토론자가 되기 위해 어떤 점을 더 노력해야 할 것인가, 어떤 점이 성장했는지 발전적인 자극을 주고받는 것이라고 할 수 있습니다.

독서토론 기본바탕 쌓기

 다음 우화를 읽고 다양한 관점에서 살펴봅시다.

어느 날 여우가 두루미를 집으로 초대했다. 그리고는 수프를 대접했다.
수프는 납작한 접시에 담겨 있었다. 여우는 맛있게 '냠냠'하며 핥아 먹었
지만 두루미는 긴 부리 때문에 제대로 먹지 못했다.
"수프가 너한테는 맛이 없는 모양이구나. 그럼 내가 먹어줄게."
이번에는 두루미가 여우를 초대했다.
다음 날 여우는 두루미 집에 찾아갔다.
"한번 먹어 봐. 맛이 있을 거야."
두루미는 목이 긴 병에 생선을 담아 왔다. 여우는 생선을 먹지 못하고
침만 삼켰다.
그러나 두루미는 긴 부리를 넣어 생선을 맛있게 먹었다.
"왜? 맛이 없니? 그럼 내가 대신 먹어줄게."
두루미는 생선을 맛있게 먹어치웠다.

아래 글은 이솝우화 중, '여우와 두루미'입니다. 잘 읽고, 학우들과 원
탁 토론 방식으로 자유롭게 토론해 보세요.

●● 토론 준비표

여러분이 생각하는 논제를 아래에 쓰고 설명할 자료를 메모해 보세요.
그리고 학우들과 원탁 토론을 해 보세요.

내가 뽑은 토론 거리	*여우의 행동은 바람직하지 않다. *두루미가 여우보다 더 나쁘다. ( )

	( )
논제를 뒷받침할 근거들 (설명할 자료들)	

●● 논제의 종류

(1) 사실 논제 : 사실인지, 거짓인지를 다루는 논제입니다. 어떤 사람에게는 참이고 또 어떤 사람에게는 그렇지 않은 논제를 말합니다. 그 일이 과거에 (정말로) 일어난 것인지 혹은 미래에 일어날 것인지 따져봅니다.

(예) 코로나바이러스의 확산 속도가 너무 빠르다.

(2) 가치 논제 : 어떠한 가치관이나 신념 등이 바람직한지 바람직하지 않은 지, 좋은 지 나쁜 지 등을 다룹니다.

(예) 사형제도는 바람직하다.

(3) 정책 논제 : 특정 책이나 법, 규칙 등을 다루는 논제입니다.

(예) 대학생의 봉사활동을 의무화해야 한다.

02

상상하며 새롭게, 읽을 수 있다

이카루스는 그리스신화에 나오는 인물이다. 이카루스는 아테네의 발명가 다이달로스의 아들로 아버지와 함께 미궁에 갇혔다. 다이달로스는 새의 깃털과 밀랍으로 날개를 만들어 붙이고 이카로스와 함께 하늘로 날아 탈출하였다. 이카로스는 새처럼 나는 것이 신기하여 하늘 높이 올라가지 말라는 아버지의 경고를 잊은 채 높이 날아올랐고, 결국 태양열에 날개를 붙인 밀랍이 녹아 에게해에 떨어져 죽었다. 다이달로스는 이카로스의 시신을 건져 올려 섬에 묻었는데, 나중에 이 섬은 이카로스의 이름을 따서 이카리아섬이라 부르게 되었다고 한다. 이 신화에서 비롯된 '이카로스의 날개'는 미지의 세계에 대한 인간의 동경을 상징한다.

태양 곁으로 날아간 이카루스

글 - 정성현[1)]

인간이지만 날개를 달고 하늘을 나는 이카로스는 정말 멋있어 보였다.
밀랍으로 붙인 날개를 달고 태양 가까이 날아간 이카로스! 과연 새로운 모험에 대한 도전일까? 과욕이 빚은 비극일까?

그리스 남쪽에 있는 아름다운 섬 크레타에서 있었던 일이다.
뛰어난 건축가이자 발명가인 다이달로스는 미노스 왕의 명령으로 미궁을 만들게 되었다.
미노스 왕은 그 곳에 들어간 사람 중, 단 한 사람이라도 살아 나온다면 다이달로스를 크게 벌하겠다고 했다. 그리고 미궁 안에는 미노스 왕의

---

1) 정성현, 「얘들아, 신화로 글쓰기 하자!」, 꿈터 , 2015

자식이기도 한 괴물 미노타우르스를 가둬 놓았다. 미궁 안에 갇히게 되면 복잡한 미로를 빠져 나오기도 어렵지만, 곧바로 사나운 미노타우르의 먹이가 되기 때문에 누구도 살아나올 수가 없었다. 그러던 영웅 테세우스가 미노스 왕의 딸 아리아드네의 지혜로 미궁 속의 괴물 미노타우로스를 죽이고 미궁을 빠져 나왔다.

이에 미노스 왕은 격분하여 미궁을 만든 사람이자, 딸 아리아드네에게 미궁을 빠져 나올 수 있는 방법을 알려 준 다이달로스를 그가 만든 미궁에 가두었다.

"아, 운명의 여신이 장난을 치시는 걸까. 내가 만든 미궁에 내가 갇히고 말다니……."

다이달로스는 청천벽력 같은 소식에 입을 다물 수가 없었다. 그러나 다이달로스는 의지가 몹시 강한 사람이었다. 끝까지 좌절하지 않고 미궁을 살아서 나갈 방법을 찾게 되었다.

그러던 어느 날 하늘을 자유롭게 나는 새들을 보았다.

"맞아, 새처럼 날아가는 거야. 우선 떨어지는 새들의 깃털을 모으자."

다이달로스는 뛰어난 손재주로 새들의 깃털을 모아 날개를 만들었다. 그리고 날개를 달고 하늘을 날아 보았어요. 처음엔 날개 짓이 어색하고 잘되지 않았지만, 며칠 동안 계속 연습을 한 끝에 자유롭게 원하는 방향으로 날 수 있게 되었다.

"이카로스야! 항상 적당한 높이에서 날아야 한다. 너무 낮게 날면 습기 때문에 바다에 가라앉게 되고, 너무 높이 날면 태양열 때문에 날개를 붙인 초가 녹고 말 거야. 반드시 적당한 높이에서 날아야 한다. 나만 따라오면 걱정 없을 거야."

다이달로스가 먼저 날개를 푸득거리며 공중으로 날아갔다. 그리고 뒤따라오는 이카로스가 날개 짓하는 모습을 지켜보았다. 이카로스는 독수리처럼 맹렬히 날기도 하고, 질서정연하게 날아가는 철새의 뒤를 따라

얌전히 날기도 했다.

이카로스는 흥분을 억누르기 힘들었다.

'날자, 더 높이 날아보자.'

이카로스는 쉽게 날 수 있게 되자 아버지의 말씀을 잊고 높이, 더 높이 날아올라 갔다. 오르면 오를수록 우뚝 솟은 태양 곁으로 더 가까이 가고 싶어졌다. 그러자 날개를 붙이고 있던 밀랍이 녹아 날개가 떨어졌다. 이카로스는 힘차게 팔을 흔들었지만, 결국 바닷물 속으로 떨어졌다.

●● 이카로스의 날개

'이카로스의 날개'는 너무 많은 욕심을 내는 바람에 모든 것을 잃는 것을 의미한다. 그러나 인간의 한계를 뛰어넘고자 하는 노력을 비유하기도 한다.
훌륭한 예술가로서 명성이 높았던 아버지 다이달로스보다, 하늘을 나는 데 실패해 목숨을 잃은 이카로스가 더 유명한 까닭은 무엇일까? 그를 통해 우리 인간들의 모습을 보았기 때문은 아닐까 생각해본다.

◉ 지금 온라인에서 '이카로스의 행동'에 대해 서로 논쟁을 벌이고 있다. 여러분들의 의견을 송담 인터넷 토론방에 올려 보시오.

토론 주제

더 높은 곳으로 날고자 했던 이카로스의 행동에 대해 어떻게 생각하는가?

우리 : 어떻게 아버지께서 높이 날지 말라고 간곡히 부탁했는데 자기 마음대로 날 수 있나요? 정말 불효자입니다.

나라 : 누구에게나 도전욕구가 있는 거예요. 해 보지 않은 것을 해 보고
싶은 욕망이 있다고요. 이카로스는 '현대판 탐험가'라고 할 수 있
어요.

만세 : 도전 욕구는 누구에게나 있고 필요해요. 하지만 그 높은 하늘에서
떨어져 죽을 수도 있는데 위험을 무시하고, 게다가 아버지의 충고
까지 듣지 않다가 죽게 된 것은 아무리 생각해도 미련합니다.

아름 : 님들…… 우리 인류가 위험하다고 해서 도전을 포기했다면 이만큼
발전할 수 있었을까요? 위험을 알면서도, 죽음이 눈앞에 있을지라
도 모험을 하는 것이 진정 도전이라고 할 수 있어요. 이카로스는
진정 '모험가'라고 부를 수 있어요.

다운 : 제 이야기 좀 들어보세요. 이카로스는 분명히 낮게 날거나 너무
높게 날면 떨어진다는 것을 알고 날았어요. 그러나 처음으로 날개
를 달자 너무 신이 나고 교만해진 거예요. 자신의 힘으로 진짜
날 수 있다고 착각해서 마음껏 호기를 부린 거라고요. 어때요?
제 생각이 맞지요?

나 : _____

_____

_____

생각할 문제

1 만약 이카로스가 높이 날기에 성공해서 태양 곁으로 날아올랐다면 어

떻게 되었을까?

그 뒷이야기는 어떻게 바뀔지 마음껏 상상하고 자유롭게 써보시오.

2 세상의 일 또한 내가 바라보는 시각에 따라 다르게 생각할 수 있다. 그것을 다른 말로 표현하면 가치관이라고 할 수 있다. 자신의 가치관 이 잘 드러나는 생활신조에 대해 이야기해보자.

3 살아가면서 자신이 꼭 도전해보고 싶은 일이 있다면 무엇이며 그 이 유를 설명해보자.

상처, 우리모두 상처를 가지고 있다

정성현, 『세상에서 가장 아름다운 상처』, 꿈터, 2020.

책 『세상에서 가장 아름다운 상처』는 제주도 서귀포를 배경으로, 상처가 흉터가 아닌 아름다운 무늬임을 은은한 색채와 따뜻하고 안정감 있는 기법으로 보여주고 있다. 잔잔한 책 속 배경은 책을 읽는 사람들의 마음을 편안하게 해준다. 이 책을 통해 '나는 어떤 상처가 있는지', '상처에 담긴 이야기는 무엇인지', '마음의 상처는 어떻게 극복할지' 등 친구, 부모님 등과 함께 많은 이야기를 나누며 자신을 돌아볼 수 있다. 아울러 나의 상처를 자연스럽게 드러내고 함께 대화를 나눌 때 상처는 세대 간의 마음을 이어주는 아름다운 언어가 될 수 있다.

대부분 사람들은 흉터를 가지고 있다. 처음에는 그 상처가 아프고 슬프지만, 더 힘든 것은 사람들의 시선과 편견이다. 사람은 겉에 난 상처가 흉터가 되기 전에 마음의 상처가 될 수 있어서 주변 사람들의 사랑과 관심이 매우 중요하다. 그리고 자신의 상처를 긍정적으로 바라볼 수 있는 마음의 힘이 필요하다. 겉으로 보이는 상처는 시간이 지나면 흉터가 되어 이야기를 남기고 그 날의 사건이 담긴 추억의 기억이 될 수 있다.

이 글의 주인공 지영이는 상처 때문에 엄마, 아빠, 할아버지, 할머니 등 많은 사람과 이야기를 나눈다. 이를 통해 누구에게나 상처가 있다는 것을 알게 된다. 그리고 상처가 들려주는 이야기에 귀를 기울이게 된다.

『세상에서 가장 아름다운 상처』를 읽고 상처를 마주하며 극복할 수 있는 용기와 자신감, 상대방의 상처를 보듬어줄 수 있는 마음의 힘을 키울 수 있다. 아울러 자신의 상처, 상대방의 상처까지 헤아려 생각할 수 있는 지를 깊이 생각하며 다음 글을 읽어보자.

| 지은이 |

정성현(1965~   )

작가. 교수. 아름다운 섬 제주가 들려주는 이야기에 귀를 기울이며 살다 보니 어느새 고향이 제주도가 되었다. 어릴 때부터 이야기를 만들어 친구들에게 들려주는 것을 좋아했다. 어린이·청소년 친구들과 함께 책을 읽고 이야기를 나누며 행복한 글을 쓰고 있다. 지은 책으로 〈에너지를 지켜라!〉, 〈나가자! 독서 마라톤 대회〉, 〈애들아, 신화로 글쓰기 하자〉, 〈토론 교육, 무엇을 어떻게 가르칠까〉, 〈지글 보글 맛있는 글쓰기〉 등이 있다.

마음의 상처

집에 돌아오자 우주와 뽀글이가 지영이를 반갑게 맞아 주었어요.

"우주랑 뽀글이가 집 잘 보았구나. 뭐 좀 먹었니?"

"아니. 엄마 나 배고파."

우주가 배를 만지며 말했어요.

"그래, 저녁 준비해야겠다. 오늘 뭐 해 줄까? 음……."

엄마는 잠시 생각에 잠겼어요.

"오늘은 엄마도 정신이 없었을 테니 이 아빠가 근사한저녁 식사를 차려 주지."

아빠가 앞치마를 두르며 말했어요.

"와아, 아빠, 맛있게 만들어 주세요."

우주가 폴짝폴짝 뛰었어요.

"아빠가 가장 자신 있는 음식으로 해 주세요. 근데 지영이가 조용하네."

엄마가 지영이를 걱정스럽게 바라보았어요.

지영이는 풀 죽은 모습으로 소파 구석에 앉아 있었어요.

"누나 아직도 많이 아파?"

"……."

"지영아, 지금 좀 어떠니?"

엄마가 옆에 앉았어요.

"좀 괜찮아. 어휴, 정말 내가 이렇게 다친 건 규린지 뭔지 이상한 애 때문이야."

지영이는 입을 쑥 내밀며 말했어요.

"그래? 어떻게 된 건지 자세히 얘기해 봐."

"우주가 뽀글이 없어졌다고 해서 어딨나 보고 있는데 규리가 갑자기 확 밀었단 말이야."

지영이의 볼이 실룩거렸어요.

"널 일부러 뒤에서 민 거야?"

"체. 그건 아니지만. 그래도 걔만 오지 않았어도. 이건 순전히 그 애 때문에 다친 거라고."

아빠도 지영이에게 다가왔어요.

"다시 한 번 차근차근 말해 봐."

"정글짐에서 잡기 놀이하는데 우주가 뽀글이 없어졌다고 했어. 그래서 어디 있나 보는데 갑자기 규리가 '잡았다' 하면서 오는 거야. 내가 깜짝 놀라서 피하려다 떨어졌어. 다 걔 때문이야. 어휴, 미워. 내가 그래서 아까 걔얼굴도 안 봤어."

지영이는 마치 옆에 규리가 있는 것처럼 흘겨보면서 말했어요.

"그랬구나. 아빠 생각엔 규리가 네 상황을 모르고 잡기 놀이에 열중해 서 실수한 것 같아."

"아까 그래서 규리를 못 본 척했구나. 조금 싸웠나 했는데. 아빠 말씀 처럼 규리는 너랑 재미있게 놀려다 이렇게 되어서 아마 더 속상하고 미안해하고 있을 거야."

"속상하면 뭐 해! 걔는 다치지도 않았는데. 걔랑 다신 안 놀 거야. 나 여기 흉터 남으면 걔한테 따질 거야. 원래대로 해 놓으라고!"

지영이가 볼멘소리를 했어요.

"지영아, 사람들은 누구나 자신도 모르게 실수할 수 있어. 상대방에게 잘해 주려다 더 피해를 주기도 하고. 우주가 누나 그림 그리는 것 도와주다 망친 것처럼 말이지. 오늘 다친 것도 함께 놀다가 일어난 일인데 친구 탓을 하지 않았으면 좋겠구나. 상처도 곧 아물 것 같은데……."

엄마가 지영이의 머리를 쓰다듬으며 말했어요.

"그래, 엄마 말이 맞아. 지영아, 네 이마에 상처 난 것도 아프지만 마음의 상처도 아픈 거야."

"아빠, 마음의 상처가 왜 아파?"

"상처 때문에 놀림당하기도 하고, 상처를 싫어하고 숨기려고 하면 그게 마음의 상처가 되는 거야."

지영이가 알았다는 듯이 고개를 끄덕였어요.

"지영아, 겉으로 드러난 것만 상처가 아니란다. 규리도 아마 네 행동 때문에 마음의 상처가 생겼을지도 몰라. 너도 규리에게 한 행동을 잘 생각해보렴."

아빠가 지영이 등을 토닥여주었어요. 지영이는 규리 얼굴을 떠올렸어요. 엄마하고 택시 타면서 잠깐 규리 얼굴을 봤는데 금방이라도 울 것 같았어요.

'다른 친구와 재미있게 놀다가 내 실수로 친구가 다쳤다면 내 마음이 어떨까. 그리고 친구가 내 사과를 받아주지 않고 가 버리면……. 우주가 뽀글이를 찾을 때 바로 정글짐에서 내려왔으면 다치지 않았을 텐데. 내일 규리 만나서 나도 미안하다고 해야겠다.'

상처가 말을 해

"왕우주, 이리 와 봐."

엄마는 지영이에게 해 주고 싶은 말이 있는지 우주를 옆에 앉혔어요.

"우주 눈가에 있는 이 상처 보이니? 우주가 두 살 때 장난감을 잡으려다 넘어져서 생긴 상처야. 이젠 희미해져서 잘 보이지 않네. 사람들 몸엔 누구나 상처가 있어. 큰 상처, 작은 상처, 쓰라린 상처, 영광의 상처……. 저마다 상처가 자신만의 무늬로 있단다. 이 상처들이 서로 자기 얘기를 하려고 아우성이네. 너희들 상처도 무슨 얘기를 하고 싶어 하는 것 같은데."

엄마가 웃으며 말했어요.

"난 잘 모르겠는데."

우주가 어리둥절하며 말했어요.

"네가 아주 어릴 때 다쳐서 기억이 나지 않는 거야. 지금은 거의 보이지 않으니까."

"난 많이 아픈데."

지영이가 상처 주위를 만지며 말했어요.

"엄마 상처가 지영이와 우주에게 하고 싶은 말이 많은가보다."

엄마가 빙그레 웃었어요.

"상처가 어떻게 말을 해. 엄만 거짓말쟁이."

우주가 믿기 힘들다는 듯 배시시 웃으며 말했어요. 지영이는 엄마의 상처 이야기가 궁금했어요.

"엄마 상처는 무슨 이야기를 하는데?"

"음, 글쎄. 내 상처가 무슨 이야기를 하고 싶어 하는지 들어 볼래?"

엄마는 팔에 난 상처를 귀에 대고 잠시 눈을 감았어요.

"엄마 상처가 말하는데, 예쁜 무늬라고 생각하면 더이상 흉터가 아니래. 이것 좀 봐."

엄마는 팔뚝에 드러난 상처를 보여 주었어요. 지영이는 병원에서 엄마가 상처를 보여 주며 했던 이야기를 떠올렸어요.

"엄마가 어렸을 때는 친구들이 징그럽다고 놀리는 게 부끄러워서 긴 팔로 상처를 가렸어. 운동장에서 '앞으로 나란히' 할 때가 가장 싫었어. 상처가 창피해서 다른 아이들처럼 팔을 똑바로 펴지도 못했거든. 근데 지금은 이 상처가 엄마한테 가장 아름다운 무늬 같아. 상처가 무슨 말을 하는 것 같지 않니?"

"글쎄……."

지영이와 우주는 상처가 무슨 이야기를 하고 싶어 하는지 상상의 날개를 펴기 시작했어요.

"아빠가 너희 대신 얘기해 주지. '빨리 밥 먹자. 배고프다.' 하는 소리가 들리는데."

아빠의 말에 모두 웃으며 식탁에 앉았어요. 지영이는 밥을 먹으며 아빠한테 물었어요.

"아빠도 상처가 있어요?"

"그럼. 아빠는 다리에 상처가 있어. 한번 볼래?"

아빠가 바지를 걷고 다리를 보여 주었어요. 아빠의 다리에 우주 주먹만 한 상처가 움푹 팬 모양으로 있었어요.

"아빠, 피 났어?"

우주가 아빠 상처를 만졌어요. 지영이는 그동안 엄마와 아빠 상처를 한 번도 보지 못한 것이 신기했어요. 함께 사는데도 특별히 눈여겨보지 않으면 잘 보이지 않나 봐요.

"아빠는 지금 할아버지가 살고 있는 돈내코에서 태어났어. 돈내코 집 옆에 있는 냇가 너희도 알지? 어릴 때 형들과 놀러 가서 물장구도 치고 헤엄치면서 놀았어. 그곳에서 개구리도 잡아서 공책도 사고 연필도 샀지."

"정말이요?"

지영이와 우주가 입을 쩍 하고 벌렸어요.

"그럼. 어느 무더운 여름날 신나게 물장구치면서 놀다가 냇가 큰 돌에 앉아 쉬려는데 뱀이 스윽 나타난 거야."

지영이와 우주는 두 눈을 휘둥그레 뜨면서 이야기를 들었어요.

"아빠는 뱀을 보고 너무 놀라서 도망가다 돌부리에 걸려 넘어졌어. 그때 뾰족한 돌에 부딪혀 이렇게 흉터가 남은 거야."

"아빠, 흉터가 아니고 상처야."

지영이가 아빠 상처를 들여다보며 말했어요.

"상처?"

"흉터는 못생긴 거고 상처는 예쁜 모양이야. 엄마가 그랬어. 아빠 상처는 컵케이크 같아."

"컵케이크? 하하하."

온 가족이 모여 즐겁게 이야기하며 식사를 하는 동안 지영이는 이마의 통증을 잊을 수 있었어요.

생각할 문제

1 위 글에서 말하는 '아름다운 상처'란 무엇인가? 내가 경험한 아름다운 상처가 있다면 떠올려보고 이야기해보자.

2 우리가 어울려 살다보면 본의 아니게 상처를 주고 받기도 한다. 이러한 경험이 있는지 생각해보고, 각자 그 경험과 감정을 이야기해보자.

3 우리가 살아가면서 개인적으로 받는 상처도 있지만, 사회적으로 받는 '불평등, 차별, 전쟁' 등 다양한 상처들이 존재한다. 자신이 알고 있거나 경험한 사회적인 상처가 있다면 이야기해보자.

4 지금까지 살아오면서 가장 행복했던 순간, 가장 힘들었던 순간이 있었다면 이야기해보자. 또한 힘들었던 순간을 극복한 방법이 있다면 함께 나누어보자.

5 우리는 상처를 딛고 성장한다고 한다. 나의 성장을 위해 노력해야 할 점과 미래를 위해 준비하고 있는 것이 있다면 이야기해보자.

6 위의 글에서 '흉터를 상처'로 생각을 전환하고 있다. 우리 주변에서 이처럼 사고의 전환으로 새로운 결과를 맞이한 사례가 있다면 찾아보고 이야기해보자.

7 역경을 극복하고 주인공이 성장하는 '성장소설'을 한 편 택하여 읽고 줄거리를 이야기해보자.

잃어버린 나를 찾는 방법을 모색한다

박수밀, 『오우아(吾友我)』, 메가스터디북스, 2020.

이 책은 자신이 선택한 길을 찾아간 옛 지식인들의 마음에 관한 글을 설명하고 있다. 책의 등장인물들은 남들이 성공이라고 부르는 것, 남들이 행복이라고 말하는 것에서 벗어나 자신이 선택한 길을 갔다. 이들은 모두 분분한 세상 속에서 환경이나 사람에 휘둘리지 않고 마음을 지키며 살아가기 위해 노력했다.

이 책에서 고전의 수많은 글 중에서 하나하나 음미하고 곱씹을 만한 좋은 문장들을 선별하고 고전의 문장이 전해주는 깊이를 느끼게 해준다. 옛글이 갖는 힘을 발견하고, 마음이 맑아지는 경험이 일어나기를 기대하고 있다. 교재에 인용된 부분은 누군가에게 이끌려 가는 삶이 아니라 내가 이끌고 가는 삶이 되었으면 좋겠다고 설명하는 내용이다. 이리저리 휘둘리는 관계, 과잉의 삶에서 한 발짝 물러나 보면 나를 벗 삼아 지내는 시간의 소중함을 알게 될 것이라고 설명한다.

| 저자 소개 |

박수밀(1969~   )

경기도 양평 출생. 문학박사. 교수. 분과학문의 경계에서 벗어나 문학을 역사, 철학, 교육 등과 연계하는 통합의 학문을 추구한다. 조선 후기 지성사의 인문정신, 생태 정신과 생태 글쓰기, 동아시아 문화교류를 중심으로 연구하고 있다. 옛사람 글에 나타난 심미적이고 실천적인 문제의식을 오늘의 삶 속에서 인문학적 관점으로 재해석하고 있다. 『연암 박지원의 글 짓는 법』, 『18세기 지식인의 생각과 글쓰기 전략』, 『옛 공부벌레들의 좌우명』, 『고전필사』를 썼다. 교육에도 관심을 기울여 『기적의 한자 학습』, 『살아있는 한자 교과서』(공저), 『박수밀의 알기 쉬운 한자 인문학』, 『기적의 명문장 따라쓰기』 등을 썼다. 역서로는 『정유각집』(공저), 『연암 산문집』, 『글로 만나는 옛 생각 고전 산문』 등이 있다.

나를 벗 삼다

살다 보면 깊이 외로울 때가 있다. 관계가 틀어져서 외롭고, 내 막막함을 누구도 답해줄 것 같지 않아 외롭다. 외로우니까 사람이 그립고, 누군가를 간절히 생각한다. 그러나 마음을 터놓을 친구가 항상 곁에 있는 것은 아니다. 밥을 나누고 웃는 얼굴로 안부를 묻는 정도의 사람은 있어도 좋은 날 마음이 통하는 대화를 나눌 벗은 찾기 어렵다.

조선 후기의 시인 이덕무(李德懋)는 "마음에 꼭 드는 시절에 마음에 꼭 드는 친구를 만나서 마음에 꼭 맞는 말을 나누며 마음에 꼭 맞는 글을 읽으면, 이것이야말로 지극한 즐거움인데 그런 일이 어찌도 적은가?"라며 탄식했다. 이렇게 참다운 친구를 얻기 어렵다면 어떻게 해야 할까. 그는 "나는 나를 벗으로 삼는다!"라 말한다.

눈 오는 새벽, 비 내리는 저녁에 좋은 벗이 오질 않으니 누구와 얘기를 나눌까? 시험 삼아 내입으로 글을 읽으니, 듣는 것은 나의 귀였다. 내 팔로 글씨를 쓰니, 감상하는 것은 내 눈이었다. 내가 나를 벗으로 삼았거늘, 다시 무슨 원망이 있으랴!

이덕무, 「선귤당농소(蟬橘堂濃笑)」

눈 내리는 새벽, 비 내리는데 홀로 있는 밤은 더욱 외롭다. 그러나 곁에는 함께 이야기를 나눌 친구가 없다. 듣는 사람 없고 보는 사람 없다 한들 무슨 상관이랴! 글을 읽으니 듣는 것은 나의 귀이고, 글을 쓰고 있자니 감상하는 것은 내 눈이다. 이 세상에 나를 가장 잘 알아주고 나를 가장 아끼는 건 오직 나뿐! 나는 나를 친구 삼아 스스로 즐기도록 하겠다! 이덕무는 '나는 나를 벗 삼는다'는 말을 자신의 호로 삼아 '오우아거사(吾友我居士)'라고 스스로 일컬었다. 자기 자신을 친구 삼으려는 심리에는 고단한 현실에 굴복하지 않고 자신을 지켜내려는 자의식이 있다. 남이 알아주지 않더라도, 속을 터놓을 사람이 없더라도 내 품위와 내 자존감을 나 스스로 지키겠다는 마음이다.

노자는 "나를 알아주는 이가 드물다면 나는 참으로 고귀한 존재"라고 했다. 주위에 사람이 없더라도, 나를 알아주는 이가 적더라도 나는 내 길을 꿋꿋하게 걸어가면 된다. 삶이 외로울지언정 그 외로움을 기꺼이 사랑하고 내 길을 따라 가는 것이다.

조선 후기 문신인 이언진(李彦瑱)도 "나는 나를 벗하고 남을 벗하지 않겠다"고 선언한다. 이 세상에 나는 오직 한 사람이니, 내가 좋아하는 바를 따라 살아가겠노라고 다짐했다. 세상이 나를 인정해주지 않더라도 나의 자존감을 일으켜 세워 홀로됨을 사랑하고 그 길을 기꺼이 걸어가고자 했다.

나도 마찬가지다. 나는 다만 내게 속했을 뿐이다. 나는 내게 속했다! 이 자존감이 세상을 당당히 홀로가게 한다. 이해관계에 얽매일 필요 없으니, 푸른 것은 푸르다고 하고 붉은 것은 붉다고 말한다. 홀로 가는 길은 자유로운 길이다. 지금은 혼밥 혼술의 시대! 당당하게 혼자 살면서 혼자 밥먹고 혼자 술 마시는 행위가 일상적인 풍경이 되었다. 물론 세상은 혼자서는 살 수가 없고, 관계는 여러모로 중요하다. 그러나 억지로 무리에 끼고, 관계에 연연할 것은 없다. 우리 사는 세상은 관계 과잉의 시대가 아니던가! 나는 내게 속했고 나는 나를 벗 삼는다. 이 마음으로 무소의 뿔처럼 가면 그뿐이다.

한 발 더 내딛는 용기

　사람들은 새로운 지식을 쌓고 싶어서 부지런히 책을 읽고 열심히 공부한다. 그러다가 나이가 들고 자리를 잡으면 그 자리에 눌러 앉는다. 이만하면 됐지 싶은 것이다. 그렇지만 어떤 사람은 그 자리에 만족하지 않고 새로운 도전을 위해 계속해서 나아간다. 세상은 넓고 할 일은 많고, 배울 지식은 끝이 없다고 생각한다.

　이미 할 수 있는 일을 다 한 것인데도 그 자리에 머무르지 않고 한 걸음 더 나아가는 것을 백척간두진일보 (百尺竿頭進一步)라고 한다. 백척간두는 백 척 되는 장대 끝에 서 있다는 뜻이다. 한 척이 약 30센티미터이니, 30미터 되는 긴 대나무 끝에 아슬아슬하게 서 잇는 상황이다. 조금이라도 앞으로 나가거나 뒤로 물러나면 바로 나락으로 떨어진다. 누구도 손잡아 줄 사람이 없고 조금만 움직여도 추락하는 위태롭고 심각한 상황이다. 이럴 때는 어떻게 해야 할까?

> 　일정한 단계에 도달한 후에도 오히려 스스로 자만하지 말고, 백척간두에서도 또 한 걸음 나아가고 태산의 정상에서도 다시 태산을 찾아, 바라고 또 바라기를 미처 보지 못한 듯하여 힘껏 노력하다가 죽은 후에야 그만두기를 목표로 삼아야 한다.
>
> 정조, 『추서춘기(鄒書春記)』

　모든 두려움과 걱정을 내던지고 한 발 내딛는 순간 새로운 세계가 열린다. 백척간두가 갖는 이러한 의미 때문에 '백척간두진일보'는 절체절명의 위기, 절망의 순간에서 자신의 모든 것을 던져 과감하게 앞으로 내딛으려는 결심에 사용하는 말이 되었다.

　하지만 백척간두진일보는 원래 그러한 뜻이 아니다. 이말은 노력한

뒤에 한층 더 노력하는 마음가짐을 뜻하는 말이다. 송나라의 도원(道源)이 저술한 불교 서적인 『경덕전등록(景德傳燈錄)』에는 "백척간두에서 움직이지 않는 사람, 깨달은 것 같지만 아직 미완성이네. 백척간두에서 한 걸음 내딛어야, 사방세계가 온몸을 드러내리라"라고 했다. 백 척이나 되는 장대 끝에서 흔들림이 없는 사람이라면 깨달은 자이다. 어떤 목표나 경지에 이른 자만이 취할 수 있는 행동이다. 그러나 거기에 멈추어 서 있다면 참된 진리에 이를 수 없다. 한 걸음을 더 내딛어야 진정한 깨달음의 세계로 나간다. 하나의 목표를 이루었다 할지라도 거기에 머물지 말고 더욱 정진하고 노력해 나가야 한다. 현재 자신을 가두고 있는 인식의 한계, 프레임을 뛰어넘으라는 의미도 담고 있다.

정조의 말도 이와 같다. 열심히 노력하여 일정한 단계에 오르더라도 만족해서 그만두거나 자만해서는 안 된다. 백척간두의 높은 깨달음에서도 한 걸음 더 나아가고 태산 꼭대기에 오르면 더 놓은 산을 찾아 나서듯, 죽을 때까지 힘써 이뤄가야 한다. 하나의 깨달음에 만족하지 말고 더 새로운 깨달음의 세계로 나아가야 한다.

19세기 학자 항해 홍길주는 평생토록 방에서 사색하며 책 읽고 글쓰기에 전념한 사람이다. 하지만 그는 나이가 들었고 항상 자신이 부족하다고 여기고 새로운 깨달음을 얻기 위해 힘썼다. 그는 어제 모르던 것을 오늘 알게 되니 내일은 또 오늘 알지 못하던 것을 만날 줄 누가 알겠느냐고 반문한다. 성인도 날마다 모르던 것을 배웠는데 하물며 일반 사람들은 더욱더 배움에 힘써야 한다고 말한다. 다음은 그가 남긴 말이다.

지식은 보잘것 없으면서 스스로 다 안다고 말하는 자는 필시 크게 부족한 사람이다. 시일이 쌓이고 세월이 지나다보면 반드시 아는 바에 진전이 있기 마련이다. 진전이 있게 되면 지난날 다 알지 못하던 것을 틀림없이 깨닫게 된다. 지난날 다 알지 못하던 것을 깨닫고

나면 마침내 오늘 내가 아는 것이 다 아는 것이 아님을 문득 깨닫게
된다. 스스로 다 안다고 말하는 사람은 오래도록 지식에 진전이 없
었던 사람이다. 오래도록 지식에 나아감이 없다면 크게 부족한 사람
이 아니고 무엇이랴?

홍길주, 『수여연필(睡餘演筆)』

생각할 문제

1 조선 후기의 시인 이덕무(李德懋)가 말하는 '나는 나를 벗으로 삼는다'는
말의 의미는 무엇인가?

2 위의 글에서 '어떤 사람은 그 자리에 만족하지 않고 새로운 도전을
위해 계속해서 나아간다.'고 말하고 있다. 내가 추구하는 새로운 도전
에는 어떤 것들이 있는가?

3 각자 자기에게 있는 '나를 나답게 하는 일'이 어떤 것인지 생각해보고
그것을 함께 이야기해보자.

4 '지금은 혼밥 혼술의 시대'라고 밝히고 있듯이 이들 신조어의 뜻은 무엇이며 생겨나게 된 사회적 배경이나 상황이 있다면 이야기해보자.

5 자신이 생각하는 올바른 지식의 의미는 무엇이고, 그것에 관하여 설명해보자.

나, 타인, 우리 주변의 삶의 모습

안외순, 『정치, 함께 살다』, 글항아리, 2016.

이 책은 정치에 관한 유교의 오랜 지혜를 살펴보는 것에서 시작한다. 핵심 유교 고전인 사서, 즉 『논어』 『맹자』 『대학』 『중용』 가운데 중요 정치 관련 언술들의 번역문을 해설과 함께 설명하고 있다. 전체적으로 간결하고 쉬운 문장으로, 깊은 의미를 지닌 문장을 중심으로 선정했다.

교재에 인용된 부분은 공자가 추구하는 자신만의 새로운 '기쁘고' '즐겁고' '군자적'인 삶을 제시하고 있다. 배우고 익히는 기쁨, 자신과 생각이 같은 친구들과 함께하는 즐거움, 어려운 환경이지만 스스로 만족하는 삶을 살아간다면 이것이야 말로 가장 행복한 삶이라고 설명하고 있다. 아울러 무리하게 부귀를 추구하는 것이 아니라 정당한 삶의 방식으로 살아가기를 강조하고 있다.

| 저자소개 |

안외순(1962~   )

정치학박사. 교수. 학부 3학년 때 정조 원년 규장각에서 판각한 내각장본 『맹자』를 처음 접했는데, 아는 글자보다 모르는 글자가 더 많았음에도 큰 위안을 받았다. 낮에는 정치학을, 밤에는 사서삼경을 익히는 주독야독(晝讀夜讀)의 석·박사과정 시절을 보냈다. 한국 전통시대의 마지막인 대원군 집정기 정치권력의 성격과 관련된 연구로 석·박사 학위를 받았다. 전통의 현재화 및 재전유의 관점에서 한국·동양 정치사상 및 한국 정치사·국제관계사를 연구해왔다. 이화여대, 서강대, 서울대, 성균관대 등에서 한국·동양 정치사상을 강의했고, 한국정치사상학회 이사 및 동양고전학회 회장을 역임했다.

사서와 함께 읽는 정치학

배우고 수시로 익히니 또한 기쁘지 아니한가?
벗이 멀리서 찾아오니 또한 즐겁지 아니한가?
남이 알아주지 않아도 노하지 아니하니 또한 군자가 아니겠는가?
『논어』, 「학이」편

세상을 살아가는 방식은 많고도 많겠지만 공자가 선택한 행복한 삶은 세 가지 방식이었던 듯 하다. '기쁘고', '즐겁고', '군자적인' 삶이 그것이다. 동시에 세 차례나 반복되는 '또한'이라는 공자의 강조를 통해 우리는 소위 기준의 '기쁜 삶', '즐거운 삶', '군자다운 삶'이 별도로 존재한다는 사실을 눈치챌 수도 있다.

먼저 "배우고 수시로 익히니 또한 기쁘지 아니한가?"라는 문장을 통해 공자는 다른 기쁨 말고도 배우고 익히는 학습과정의 내면적 희열에 대해 말하고 있다. 사실 인간의 삶은 평생이 학습과정이기도 하다. 70세가 된 할머니가 처음에는 가정 형편 때문에 대학을 못 갔던 게 한이 맺혀서 시작한 대학 입시였는데 어느새 공부하는 즐거움 자체에 빠졌다는 유의 이야기를 종종 듣고 감동을 받곤 한다. 이 할머니는 출세하고자 학습하는 것이 아닐 것이다. 배움 그 자체가 스스로에 대해 충만한 기쁨의 감정을 갖도록 했을 것이다. 인간은 본성적으로 학습하는 동물이다. 요컨대 인간의 학습능력과 이를 기쁨으로 누릴 줄 아는 능력이야말로 인간으로 하여금 모든 존재와 진리를 사랑하는 인간다운 인간으로 만들고 인류 문명을 이끌어왔던 원동력을 제공했다. 공자는 스스로의 이러한 학습능력에 대해 내면적 기쁨을 느꼈던 것이다.

둘째, "뜻을 함께하는 벗이 멀리서 찾아오니 또한 즐겁지 아니한가?"는 상기한 자기성찰과 자기계발의 내면적 노력의 결과를 또 다른 자신인 타자로부터 인정받는 상황을 기꺼이 즐기고 누리는 상황을 말한다. 여기서 '벗'이란 자신을 알아주고 뜻을 함께하는 동지를 의미하고 '즐거움'이란 내면적 기쁨의 외면적 향유다. 개인적인 자기계발과 자기성찰의 노력이 완전히 자신의 것으로 체득된 상태에서 사회적 인정과 그 대가도 정당하게 향유되는 상황을 말한다. 각자의 능력이 최선으로 발휘되고 그 사회적 몫을 정당하게 인정받는 것이니 이것이야말로 충분히 즐길 만한 상황인 것이다. 행복의 경지는 "(도를)아는 것은 좋아하는 것만 못하며, 좋아하는 것은 즐기는 것만 못하다"라는 말처럼 즐김의 경지가 가장 높다고 하겠다.

셋째, "남이 알아주지 않아도 노하지 아니하니, 또한 군자가 아니겠는가"라고 했으니, 정치와 관련된 부분이다. 이 문장은 정치적·사회적으로 정당한 대우가 돌아오지 않더라고 진리를 포기하지 않고 자기완성의 길을 살아가는 삶이 참 행복이라고 역설하는 대목이다. 공자는 세상 탓을 하지 않고 자기 길을 걸을 수 있는 것 역시 군자라는 정의를 내렸던 것이다. 배우고 그때그때 익혀서 내면적 희열을 느끼고, 자신과 생각이 같은 친구들과 함께하는 즐거움을 누리며, 설사 환경이 자신을 충분히 뒷받침해주지 못할지라도 스스로의 수양이 충분하여 자족하는 삶을 산다면 이보다 더 행복한 삶이 있을까?

부(富)와 귀(貴)는 사람들이 모두 원하는 바이지만 정당한 방식으로 획득된 것이 아니라면 누리지 않는다.

빈(貧)과 천(賤)은 사람들이 모두 싫어하는 바이지만 무리한 방법을 써서 벗어나려 해서도 안된다.

「안연」

생사나 부귀는 모두 천명(天命)에 달렸다는 말이다. 삶을 포기한 경우를 제외하고는 누구나 죽음을 싫어하고 삶을 좋아한다. 부귀를 싫어하는 사람은 없다. 하지만 생사나 부귀는 인간이 추구한다고 해서 꼭 주어진다는 보장은 없다. 인간을 그것을 갖고자 노력할 뿐이다. 하지만 노력한다고 해서 반드시 획득할 거라는 기약 또한 없다. 이때 정상적인 노력으로 부귀를 추구하는 것은 당연하지만 해도 안 될 때는 운명으로 받아들이고 안빈낙도의 삶을 살아야 한다. 온갖 불법, 탈법으로 부귀를 추구하던 사람들이 종국에는 법의 심판을 받는 예를 너무나 자주 목도하는 이유는 무리하게 빈천을 벗어나려 한 결과이고, 무리하게 부를 추구한 결과다. 해도 안 되는 것을 억지로 하고자 한다면 그 자체가 범법 행위 내지 무질서를 결과할 수밖에 없다. 소크라테스가 억울하지만 다른 나라로 망명하지 않고 사형 당한 것도 '남들이 알아주지 않아도 원망하지 않는 것'을 받아들인 결과였다. 우리네 인간은 스스로 할 수 있는 데까지 정성껏 행하고 나머지는 받아들이는 순천(順天)의 삶을 살아야 한다.

생각할 문제

1 공자가 말하는 삶의 방식에 관하여 설명해보자. 또한 나의 삶의 방식과 비교하여 이야기해보자.

2 친구들 중에 삶에 대해 적극적으로 도전하는 누군가를 만난 적이 있는가? 친구나 선배와의 만남을 통해 자신이 성장을 경험 한 적이 있는지 돌아보고 서로 이야기를 나누어보자.

3 스스로 배움의 기쁨을 느낀 적이 있는가? 혹은 주변에 배움의 기쁨을 느
낀 사례가 있다면 찾아보고 이에 대해 이야기해보자.

4 열심히 일하지만 가난을 벗어날 수 없는 '워킹 푸어'의 현실을 경험한 적
이 있는가? 있다면 이를 해결하기 위한 방법이 있는지? 자신의 생각을
말해보자.

5 우리 주변에서 어려운 환경을 극복하고 성공한 사례가 종종 보인다. 이러
한 예를 찾아서 이야기해보자.

교육, 성장 함께하는 우리의 모습

김만호, 『다문화가정의 교육전략은 따로 있다』, 마음서재, 2020.

　이 책은 자녀의 학습문제에 초점을 맞추어 자녀의 특성을 이해하고
자녀를 양육할 때 부모로서 기본적으로 알고 노력해야 할 부분, 심리·
정서적인 문제, 자녀의 학습결손 문제와 대학입시에 관한 정보, 과목별
자기주도 공부법, 진로선택과 직업교육, 그리고 다문화교육 정책을 비교
적 쉽게 이해할 수 있도록 설명하는 글이다.

　교재에 인용된 대목은 4장 '다문화가정 자녀를 위한 진로와 직업교육'
의 한 대목이다. 여기서 저자는 유대인의 자녀교육방법을 설명하며 그들
이 추구하는 공부 목적, 삶의 방향에 대한 교육관에 관한 이야기를 보여
준다. 다음 글을 통해 한국의 교육방법에 대해 생각해보고, 올바른 교육
의 방향에 대해 모색해 볼 수 있다.

| 저자 |

김만호(1963~ 　)

교육학 박사. 교수. 국회입법정책연구회 연구위원, 통일부 통일교육위원, 민주평화통일
자문회의 자문위원, 선학평화상위원회 초대 사무총장, 원모평애 재단 이사장, (사)자원
봉사 애원 상임이사, 학교법인 선학학원 본부장 등을 역임했다. 학문에 매진했고, 미국
지도자연합 ALC 애틀랜타, 샌프란시스코 공동의장을 맡아 인종을 초월한 평화운동과
저소득층을 위한 구호활동을 활발하게 펼쳤다. 현재 한반도정책연구원 상임이사, 한국
지방교육정책학회 이사 등을 맡고 있으며, 인재양성과 정의사회실현, 한반도 평화를 위
해 폭넓은 연구 활동을 하고 있다. 저서와 논문으로 《미래로 가는 나침반》과 〈한일미래
협력과 독도해결방안〉외 다수가 있다.

소프트파워를 좌지우지하는 유대인의 자녀교육법

유대인은 나라없이 이천 년을 떠돌았지만 민족이 소멸되지 않은 채 현재의 세상을 움직이도 있다. 그 숫자는 많지 않으나 정치·경제·문화 등 미국의 주요 산업과 트렌드를 이끄는 주역이다. 이들은 할리우드를 만들어 미국의 영화산업을 주도했고, 주요 일간지와 유명 TV매체를 탄생시켰다. 간단히 말해 노벨상 수상자의 20%정도가 유대인이라는 사실은 이들의 저력을 말해준다. 유명한 금융재벌 로스차일드 가문은 전 세계 금융계를 지배하는 실세로 알려져 있다. 헤지펀드의 귀재 조지 소로스 같은 막강한 유대인의 금융 네트워크와 힘을 무시할 수 있는 국가는 드물 것이다. 미국의 대통령 선거에도 유대인 유권자협회의 자금 동원력과 후원 세력이 미치는 힘은 막강하다. 아무리 초강대국 미국이라 해도 중동정책에서 이스라엘을 무시하고 배제할 수는 없다. 유대인들은 미국 사회 곳곳에서 정치, 경제, 외교, 군사 안보, 과학, 의학 분야에 영향을 주는 엘리트로 막강한 파워를 발휘한다. 뉴욕은 유대인의 아성이라고 불릴 정도다.

5000년을 이어온 작지만 거대한 유대인의 소프트파워를 좌우하는 비밀은 무엇일까? 그것은 '교육의 힘'이다. 어려서부터 토론을 즐기고 정체성을 중요시하면서 멋지게 기부하는 삶의 방식이 오늘날의 글로벌 유대인 공동체를 일구었다. 한국 부모들도 뜨거운 교육열만큼은 전 세계에서 뒤지지 않지만 유대일들이 자녀를 양육하는 태도, 그들이 추구하는 공부 목적, 삶의 방향에 대한 교육관은 분명 우리와 다르다.

유대인들은 거의 매일 저녁 온 가족이 둘러앉아 저녁 식사를 한다. 아무리 바빠도 하루에 한번씩은 가족이 함께 식사를 하려고 노력하는데, 그 시간에 부모는 아이들이 어떻게 지내는지를 확인하고. 대화를 통해 교감한다. 식사시간은 세상을 향한 아이의 질문이 시작되는 자리이며,

때로는 편안한 토론의 장이 된다. 대화가 길어질 때는 3시간을 훌쩍 넘길 때도 있다. 특히 매주 금요일이면 전 세계 유대인들은 외출을 삼가고 가족과 저녁을 준비한다.

뉴욕에서 유대인 지인에게 들었던 그들의 가정생활은 본받을 부분이 많았다. 가정에서 자녀와 대화와 토론을 즐기는 건 기본이고, 잠들기 전에 책을 읽어주며, 현장학습을 통해 살아 있는 지식을 몸으로 익히게 한다. 부모들도 만학도로서 학업에 도전하거나 사회교육에 참여하면서 자녀에게 공부하는 모습을 보여주기 때문에 유대인 가정 자녀들에게는 평생 배워야 한다는 생각이 체화되어 있다. 유대인들은 경쟁에서 살아남은 소수 엘리트에 의해서가 아니라, 다양한 개성을 가진 평범한 사람들의 조화와 협동 속에서 사회가 발전한다고 생각하는 경향이 강하다. 그래서 자녀들에게도 잘나고 돋보이는 사람이 되기보다는 사회 속에서 조화를 이룰 수 있는 사람이 되라고 가르친다.

유대인들의 교육방식은 '하브루타'라고 불린다. 이는 유대교 경전 『토라』를 학습하는 종교교육 전통과 관련이 있는데, 무조건 친구 둘 이상이 함께해야 공부가 시작된다. 하브루타는 단순하게 발표와 토론만을 하는 것이 아니다. 어린 시절부터 『토라』와 기본 경전을 거의 암기하다시피 숙지하고, 이를 바탕으로 『토라』에 관한 자기 해석을 명료하게 표현하고 집요하게 질문하는 것이 핵심이다. 이러한 토대에서 행해지므로 질문 내용이 예리하고 토론도 치열하다. 임신 중 태아에게 책을 읽어주고 이야기를 들려주는 것, 잠자리에서 어머니가 동화를 들려주면서 자녀와 대화하는 것, 자녀가 배운 것을 이해하기 위해 돌아다니며 스스로 묻고 답하고 중얼거리는 것도 모두 하브루타라고 할 수 있다. 학교에서 교사가 학생들에게 질문하면서 수업하고, 학생들끼리 짝을 지어 서로 가르치고 토론하는 일련의 과정도 여기에 속한다.

하브루타는 질문으로 시작해 질문으로 끝난다. 질문이 좋아야 토론이

제대로 이루어지고 날카로운 생각을 할 수 있다. 배움 역시 질문에서 시작된다. 자녀들이 원하는 대로 완벽하게 해주기보다는 어릴 적부터 끊임없이 '왜'라는 질문을 던지는 모습을 유대인 엄마들에게 관찰할 수 있다. 이는 호기심을 자극해야 창의적 사고의 틀이 형성된다는 교육관에서 유래한 교육 방법이다. 유대인이나 핀란드인 학생들이 우리보다 공부를 덜 하는데도 창조성이 더 뛰어난 이유는 스스로 생각하고 문제 해결의 방법을 찾게 하는 쌍방향형 소통식 공부의 효율성 덕분이다. 우리의 수업은 강의와 설명을 듣고 읽으면서 외우는 것이 대부분이지만 유대인이나 핀란드 사람들은 친구와 토론하면서 서로가 부족한 점을 가르쳐주는 동안 비약적으로 사고력이 발전한다. 따라서 암기식 교육과는 근본적 차이가 있을 수밖에 없다.

멋지고 통크게 기부할 줄 아는 사람들이 유대인이다. 기부와 자선은 유대인의 삶의 보람이고 방식이기도 하다. 유대인들 중에서 전 세계 금융가를 장악한 로스차일드 가문, 철강왕 록펠러 등등 금융재벌이 배출되는 이유는 어린 시절부터 경제관념과 합리적 소비 마인드, 자선의 중요성을 교육받으면서 성장하기 때문이다.

요즘 청년층에서는 아날로그 감성이 녹아난 레트로풍 문화의 틈새시장이 호황이지만, 21세기 디지털 노마드 시대, 4차 산업혁명 시대에는 창조성과 사고력을 통해 세상을 바꿀 수 있다는 사실에 감히 아무도 이의를 제기하지 못한다. 이제 암기 위주 교육방식에서 과감하게 벗어나 친구와 토의하고, 직접 체험하며, 질문과 토론을 통해 생각하고 배운 것을 응용하는 식으로 학습 형태가 바뀌어야 한다. 일방적 강의와 설명을 들은 후 혼자 책과 씨름하는 방법은 소통하지 못하는 사람을 만들 뿐이다. 학교수업을 토론식으로 바꾸는 것은 한국의 교육문화를 바꾸는 것이고, 한국의 미래를 밝게 하는 것이다.

생각할 문제

1 교재에서 설명하는 '유대인의 교육의 힘'이 무엇인지 설명하고, 이에 대한 자신의 생각을 이야기해보자.

2 핀란드는 오래전부터 성인교육과 재교육이 활성화된 국가이다. 성인 교육은 초중등교육 기관의 야간과정, 시민단체와 노동단체, 다양한 학 습센터와 직업교육기관 등 다양한 형태로 진행된다. 학습센터에서는 교육을 원하는 그룹이 자체적으로 학습계획을 세우면 정부로부터 교 육과 재정지원을 받는다. 이에 대한 자신의 생각을 이야기해보자.

3 자신이 생각하는 한국의 교육문화에 대해 이야기해보고, 개선이 필요 한 부분이 있다면 설명해보자.

4 '하브루타 교육법'이란 무엇인가? 이에 대해 자신의 생각을 이야기해 보자.

5 지금까지 자신이 받았던 교육 중 가장 기억이 남는 사례가 있다면 함 께 토론해보자.

인간다움, 주체적인 삶, 효를 돌아본다

박희, 「우리문화산책」, 『국방일보』, 2012.

이 부분은 국방일보 「우리문화산책」에 수록된 부분이다. 저자는 우리가 알아야 할 전통문화를 일상의 풍속, 자연, 인물 등의 키워드로 소개한다. 시공간을 초월하여 선인들의 삶의 모습과 지혜를 배우고 우리가 살아가는 현재의 삶의 가치와 소중함을 알게 한다.

교재에 인용된 부분은 '효도'와 '여성 인물'에 대해 설명한 두 개의 이야기이다. 유교에서는 부모에 대한 효가 도덕 규범의 기초이고, 더 나아가 국가로부터 가족에 이르기까지 최우선의 가르침으로 뿌리박고 있다는 사실에 그 독특성이 있다. 효란 본래 부모가 살아 있을 때 자녀가 지켜야 할 도덕을 의미함에는 변함이 없다. 과거 효도의 모습을 통해 우리의 삶을 돌아보게 한다. 아울러 여성의 활동이 자유롭지 않고 많은 차별을 받았던 조선 시대 여성 인물에 대해 설명한다. 김만덕은 여성임에도 불구하고 많은 고난을 뚫고 상인으로서 성공했다. 어려운 사람들을 도우며 사회 활동가로도 활약을 했다. 이런 김만덕의 선행을 알게 된 정조는 영의정 채제공에게 그녀의 선행을 기록한 책 「만덕전」을 지으라 명할 정도로 칭찬을 아끼지 않았다. 김만덕은 당당히 『조선왕조실록』에도 이름을 올려 시대의 제약을 뛰어넘은 여인이라고 할 수 있다. 김만덕의 생애를 설명하며 주체적 삶을 살아간 모습을 통해 지금의 우리 모습을 살펴보게 한다.

박희(1952~   )

문학박사. 교수. 강동문화원 부원장 역임. 재향군인회 평생교육원 부원장. 고전문학을 중심으로 작품론, 작가론, 사상론을 살핀 연구를 하였다. 향가 작품을 비롯하여 고려가요와 악장을 포함하고 문학사상은 특정작가의 종교와의 교섭관계, 사상가의 다양한 문학적 성격을 규명하며 다수의 연구성과를 이루었다.

생거진천 사거용인生居鎭川 死居龍仁

이 말은 두 곳 모두 명당인데, 살았을 때는 진천이 명당이고 죽어 묻힐 무덤은 용인이 명당이라는 뜻이다. 그런데 사실은 그런 뜻이 전혀 아니고 참뜻은 따로 있어 오해를 바로잡고자 이 말의 유래 둘을 소개해 보고자 한다.

돌아가신 모친 '서로 모시겠다'

옛날 용인의 어느 마을에 한 부부가 살고 있었다. 가세는 빈궁했어도 금슬이 워낙 좋아 이웃 간의 칭송이 자자하고 모두가 부러워했다. 어느 날 남편이 병으로 시름시름 앓더니 세상을 떠나고 말았다. 젊은 나이에 남편을 여읜 아낙은 아들 하나와 근근이 살았으나 끝내 생계를 잇기 어려워 자식을 버리고 진천 땅으로 개가(改嫁)했다.

고아가 된 아들은 문전걸식하다가 어느 양반댁 머슴으로 들게 됐다. 그런데 이 댁의 외아들이 중병으로 누워 있었다. 주인집 아들의 병은 백약이 무효했다. 어느 대사 한 분이 그 앞을 지나다가 산삼과 웅담이 특효라고 알려줬다. 고아가 된 아들은 주인댁의 은혜를 갚기 위해 금강산 깊이 들어가 삼백 년이나 된 산삼을 구했고, 곰을 죽여 웅담을 얻어 돌아

왔다.

　이 약으로 주인댁 도련님을 살려내게 됐고, 주인댁에서는 머슴을 은인이라 해 전답을 떼어주고 장가를 들여 줬다. 이 아들은 진천으로 개가한 어머니를 잊을 수가 없어 이웃 친구에게 어머니의 안부나 알아봐 달라고 부탁하며 길을 떠나보냈다. 개가한 어머니는 그곳에서 아들 하나를 더 낳고 살았는데 마침 심부름 간 사람이 당도하던 날 세상을 떠났다.

　이 소식을 듣게 된 용인의 아들은 마지막 가는 길이나마 자식 된 도리를 하리라고 마음먹고 행장을 꾸려 길을 떠났다. 당도했을 때는 식구들이 상여를 꾸려 발인하기 직전이었다. 아들은 그동안 응어리졌던 갖가지 설움이 복받쳐 목 놓아 울었다. 상주(喪主) 쪽에서 연유를 물으니 용인의 아들은 자신이 우는 내력을 말하고 자식 된 도리로서, 자신도 상주 자격으로 장례에 참여하는 것이 당연하다며 어머니의 시신을 용인으로 모시겠다고 제의했다. 그러나 그곳 상주 측에서도 자신의 친어머니였기에 장사를 지내겠다며 서로 언성을 높이다가 멱살까지 잡는 일이 일어났다.

　며칠 동안 장례를 치르지 못하다가 결국 두 아들은 그곳의 원님에게 송사를 하기에 이르렀다. 원님은 두 사람의 이야기를 듣고 어미를 생시에는 진천 아들이 모셨으니 죽은 후에는 용인의 맏자식이 모시도록 하고 서로 의좋게 봉제(奉祭)하라는 판결을 내렸다. 이런 연유로 해 오늘날 전해지는 '생거진천 사거용인'이라는 말이 생겨난 것이라 전해진다.

이름 · 생년월일 똑같아 생긴 실수

　이 말에 또 다른 전설이 전해 내려오고 있다. 진천 땅에 추천석이란 사람이 살았다. 하루는 그가 잠시 잠들었다가 애절한 통곡소리에 잠을 깼다. 통곡소리의 주인은 바로 옆에 있던 자기 아내였고 곧이어 자식들도 따라 우는 것이다.

　그는 싸늘하게 누워 있는 자신의 모습을 보게 된다. 그제야 자신은 이미 혼(魂)이 된 상태라는 걸 알아차렸다. 이어 저승사자들을 따라 명부전(冥府殿)으로 인도돼 간 그는 염라대왕 앞에 엎드렸다. "어디서 왔느냐?" "예, 소인은 진천에서 온 추천석이라 하는 자입니다." "뭐라고?" 염라대왕은 대경실색했다. 용인의 추천석을 불러들여야 했는데, 저승사자들의 실수로 진천의 추천석을 데려온 것이었다. 염라대왕은 진천의 추천석을 즉각 풀어주고 용인의 추천석을 데려오라고 명을 다시 내렸다. 공교롭게도 두 사람은 이름과 생년월일이 똑같았던 것이다.

진천의 추천석은 가족을 만나려고 이승의 자기 집으로 내려왔다. 그러나 자신의 육신은 땅에 묻히고 집에는 위패만 자리하고 있었다. 실의에 빠진 채 멍하니 있다가 문득 묘한 생각을 하나 떠올렸다. 용인 땅 추천석의 몸을 빌려야겠다는 생각이었다. 그는 용인으로 달렸다. 용인 땅 추천석의 몸엔 다행히 약간의 온기가 남아 있었다. 그는 얼른 몸속으로 들어갔다.

진천에서 살다가 용인에 묻혀

그렇게 슬프게 통곡을 하던 용인 땅 추천석의 가족들은 꿈틀대며 몸을 일으키는 그의 모습을 보며 기뻐했다. "여보, 다시 살아났구려!" 용인 땅 추천석의 몸을 빌린 그는 여인에게 자초지종을 그대로 설명해 줬다. 그러나 여인과 아들, 딸은 죽음에서 깨어난 헛소리로만 여겼다. 어떠한 말도 먹혀들지 않자 그는 하룻밤을 마지못해 보내고 다음날로 즉시 진천을 향해 내달렸다.

진천 고향집에 도착한 그는 상복을 입은 아내에게 외쳐댔다. "여보, 나요. 내가 돌아왔소." "뉘신지요, 여보라니요…?" 그녀는 돌아온 남편이라 외치는 남자의 말을 믿지 않았다. 그는 계속 자신의 처지를 필사적으로 설명하지만 동네 사람들에게 매질까지 당하고 결국 관가로 끌려갔다. 고을 원님은 그의 사연을 쭉 듣고서 다음과 같은 명쾌한 판결을 내렸다.

"진천 땅의 추천석은 사자의 잘못으로 저승에 갔다가 다시 살아왔으나, 자기의 육신이 이미 매장됐으므로 할 수 없이 용인 땅에 살던 추천석이 버리고 간 육신을 빌린 것이라 생각하노라. 그러므로 앞으로 생거진천 사거용인할 것을 판결하노니, 양가의 가족도 그대로 실행토록 하라!"

진천 땅 추천석의 혼이 들어간 그 사내는 생전에 자기의 주장대로 진천 땅에서 가족과 함께 행복하게 살았고 이후 세상을 뜨자 그 육신은 본래 용인 땅에 살았던 추천석의 것이므로 그곳 가족이 찾아가게 됐다.

두 전설 가운데 어느 것이 맞는지는 몰라도 우리의 흥미를 유발하고 부모에 대한 효(孝)를 가르친다는 점에서 많은 생각을 하게 한다.

굶주린 백성 구한 조선의 여성 CEO

김만덕(萬德·1739~1812)의 전기 '만덕전(萬德傳)'을 지은이는 정조 때의 문신인 채제공(蔡濟恭)이다. 만덕의 본관은 김해 김씨, 아버지 김응 열과 어머니 고씨 사이에서 태어났다. 양인이었던 아버지와 어머니를 일찍 여의고 외삼촌집에서 유년 시절을 보내다 기안(妓案)에 이름을 올리고 기생 수업을 시작했다. 기생 신분이었지만 그는 몸가짐을 단정히 해 스무 살이 넘자 울며 자신의 뜻을 관에 탄원해 양인으로 환원됐다.

그 후 만덕은 객주를 운영하면서 제주도 물품과 육지 물품을 교역하는 유통업을 통해 막대한 부를 이루었고, 그 부를 계속되는 기근에 시달리는 제주도민을 위해 쾌척했다. 정조시대 제주도민들이 계속되는 재해로 기근에 시달리고 있었으니 조정에서 보낸 구휼미가 풍랑에 침몰하는 불상 사까지 겹쳐 아사(餓死) 위기에 처하자, 만덕은 유통업으로 모은 전 재산을 털어 육지의 쌀을 사서 제주민들을 살렸다. 만덕의 인기는 남성들만 활개 치는 세상에서 여자가 홀로 많은 재산을 형성하는 비상한 재주를 가졌던 것과, 어떤 남성보다도 많은 양의 곡식(쌀 500섬)을 쾌척한 것에 대한 놀라움 때문이었다.

만덕은 임금(정조)의 칭송을 한 몸에 받았고, 명예직이기는 하나 '의녀 반수'라는 여성으로서는 최고의 벼슬에 이르렀다. 정조가 그의 업적을 치하해 소원을 물었을 때 만덕은 주저 없이 금강산 구경이라고 대답했다. 당시 여성은 육지에 갈 수 없다는 법을 무시하면서까지, 집안에 갇혀 있어야 했던 여성의 테두리를 단숨에 뛰어넘으면서 여성에게는 부인됐던 이동의 자유를 청했다. 금강산 구경은 여성으로서는 꿈꿀 수조차 없었던 남성의 영역에 도전한 것이었다.

정조는 만덕의 소원을 기꺼이 들어주었고 제주도에서 한양으로, 금강산으로 가는 길에 있는 모든 관아가 만덕에게 편의를 제공하도록 지시했다. 만덕이 가는 길목마다 사람들이 몰려나와, 여성으로서 새로운 것을 개척해 나가는 용기 있는 여성 만덕을 칭송했다. 서울에 도착한 만덕은 당시 좌의정이던 윤시동(尹蓍東)의 부인 처소에 머물렀다. 입궐해 '한중록'을 지은 혜경궁 홍씨를 알현했다. 혜경궁은 "네가 여자의 몸으로 굶주린 수많은 백성을 의롭게 구했다니 참으로 기특하다"며 후한 상을 내렸다.

그는 가족으로부터 버림받고 기생으로 성공해 가족의 명성을 더럽힌다는 질책 때문에 기적(妓籍)에서 빠져나왔으나 가족을 원망하지 않고 기근에 처한 가족을 구함으로써 가족과 화해했다. 독신녀로서 활발해진 해상을 이용한 유통업에 눈떠 여성기업인으로 새로운 영역을 개척해 나갔던 창의적인 개척자였다.

영의정이었던 채제공은 만덕의 전기에서 만덕을 "몸은 크고 뚱뚱하며 키가 매우 크다. 말은 유순하며 외형은 후덕한 맛이 나타나고, 두 눈동자가 맑고 투명하다. 일흔의 늙은 나이에 얼굴과 머리가 신선이나 부처를 방불케 한다"라고 묘사했다. 다산 정약용이 김만덕에게 부탁을 받고서 시권(詩卷)에 발문(跋文)을 써주며 만덕에게 '삼기사희(三奇四稀)'가 있다고 했다. 기생이 과부로 남아 수절한 것, 기꺼이 많은 돈을 희사한 것, 섬에 살면서 산을 좋아한 것이 세 가지 기특한 삼기다. 여자로 겹눈동자를 가졌으며, 천민의 신분으로 역말을 타고 왕의 부름을 받았다. 기생으로 승려를 시켜 가마를 메게 했고, 외진 섬사람으로 내전(內殿)의 사랑과 선물을 받은 것. 이것을 네 가지 희귀함이라고 했다.

추사 김정희도 제주 유배 시절에 만덕의 오빠였던 김만석의 증손자에게 '은혜의 빛이 온 세상에 퍼졌다'라는 뜻이 담긴 '은광연세(恩光衍世)'를 써 주었다. 제주도민들로부터 존경받고 있는 김만덕. 실사구시(實事求是)의 대CEO 김만덕의 경제적 활동이 오늘같이 어려운 경제적 상황에서 귀감(鑑)으로 부각된다.

생각할 문제

1 '생거진천 사거용인(生居鎭川 死居龍仁)'의 의미를 알고, 자신의 생각을 이야기해보자.

2 우리 주변에서 본 적이 있는 '효자'에 관하여 이야기해보고 자신이 생각하는 '효'란 무엇인가 이야기해보자.

3 치열하게 삶을 살았던 김만덕의 이야기를 읽고, 자신이 치열한 각오로 무엇인가를 해본 경험이 있는지 이야기해보자.

4 자신이 존경하는 '여성 CEO'가 있다면 이야기하고, 그 이유가 무엇인지에 관해 서로 의견을 나누어보자.

5 '용인'지역에 전해지는 다양한 이야기를 찾아보고, 이에 대한 자신의 소감을 말해보자.

우리 주변을 둘러싼 다양한 이야기를 들어본다

하경숙, 「한국 인어 서사의 형성과 현대적 변용」,
『한국문화과예술연구소』25권, 한국문학과예술연구소, 2018.

이 글은 인어 서사가 지닌 문화적 특질에 대해 설명하고 있다. 환상적인 면모를 지닌 다양한 스토리의 원천인 인어서사가 유교사회라는 큰 틀 속에서 갇혀서 체재 유지와 이념의 틀을 견고히 하기 위해 그동안 올바른 평가를 받지 못한 것에 대한 안타까움에서 시작되었다.

우리 교재에 인용된 부분은 인어서사를 통해 현실에서 추구하는 애정의 모습은 일방적인 강요에 의한 희생이 아니라 서로 포용하는 과정을 통해 인간의 불완전성과 사랑의 의미를 깨닫게 되는 것을 설명한다. 이를 통해 현실속의 현대인의 삶의 방식과 생활의 단면을 되돌아보게 한다. '인어'라는 존재가 단순히 두려움의 대상이나 자신의 행복만을 추구하는 이기적인 모습에 치중하지 않고, 타자와의 다양한 교류를 모색하고 있다. 특히 인간과의 상생을 고민하고 자연과의 조화를 이루는 모습을 지속적으로 보이고 있다. 또한 진정한 소통의 의미와 참된 애정의 구현을 상세히 보여주고 있다. 여기에 참된 애정의 모습을 갈구하는 현대 대중의 심리가 반영되어 있다.

| 저자 소개 |

하경숙(1977~   )

문학박사. 교수. 온지학회 법인이사, 숭실대 〈문학과예술연구소〉 연구원. 동양문화연구원 이사, 시조학회 이사, 진단학회 이사. 우리 고전문학에 나타난 다양한 인물의 형상화 방식과 후대 변용을 살피는 작업을 하고 있다. 단지 과거의 것으로 치부하고 가깝게 느끼기 어려웠던 고전문학은 여전히 다양한 방법으로 유통되고 있다는 사실에 착안하여 다양한 연구의 스펙트럼을 넓히고 있다. 고전문학 속에 형상화된 인물과 그 특질을 점검하고 살피는 것에 목적을 두었다. 저서로는 『한국 고전시가의 후대 전승과 변용 연구』, 『네버엔딩스토리 고전시가』, 『고전문학과 인물 형상화』가 있고, 그 외 논문은 다수가 있다.

인어 서사의 현대적 변용

문학은 다양한 문화들과 접촉하면서 끊임없이 현실을 재창조하고 있다. 무엇보다 고전문학 속에는 존재에 대한 끊임없는 물음을 바탕으로 하고 있다. 서사를 현대적으로 확장하는 것은 환상성과 대중성을 모두 바탕으로한 원형적인 측면을 규명하는 것이지만, 우리 신화는 사회적인 모습으로 인해 환상성을 거세당한 채로 전승되어 온 신화들이 많아 현대에 변용하기 어려운 부분이 많다. 대중들은 답답한 현실에서 벗어나기를 욕망하고 인어 서사는 이러한 일탈의 측면을 상세히 보여준다.

현대소설 – 조은애 『인어공주를 위하여』

조은애의 장편소설 『인어공주를 위하여』는 안데르센의 동화 '인어공주'에서 모티프를 가지고 왔다. 이 소설에서도 인어족의 직계 자손들은 한 대에 한명은 인간과 사랑에 빠지게 되고 결국에는 비극적으로 사랑이 끝나 물거품이 되어 죽는다는 저주에 걸린다는 이야기가 큰 축을 이룬다.

이 소설에서 남자 주인공 조지호는 인어족의 마지막 직계자손으로 만일 물거품이 되어 죽는다면 인어족의 직계는 끊어지게 된다. 지호의 삼촌에게서 그 저주가 풀리나 기대를 했었는데 결국 삼촌은 지호의 눈앞에서 물거품이 되어 사라지고 지호는 사랑에 대한 큰 거부감을 안고 성장하게 된다. 인어족의 성에서 살림을 맡아주던 인간 집사의 딸 서진은 아버지의 바람처럼 평범하게 살려고 했지만, 음주운전으로 인해 부모님이 돌아가시고 난 후 갈 곳 없는 서진은 다시 성으로 운명처럼 돌아오게 된다. 서진을 동생처럼 여기며 지내왔던 지호는 서진의 목숨을 구하기 위해 어릴적부터 두 번이나 위험을 감수하는데, 뒤늦게 서진에게 느끼는 자신의 감정이 사랑임을 깨닫게 되지만 그것을 강요할 수 없어 그냥 물거품이 되고자 한다.

이 소설에서 남자 주인공은 평범한 인간으로 여자 주인공이 이계에 얽이지 않고 평범하고 행복한 삶을 살 수 있도록 사랑의 마음을 숨겼다. 그러나 결국 둘은 사랑을 하게 되고 조지호의 저주도 풀리고 결국은 해피엔딩을 맞이하게 되는 전형적인 로맨스 소설이다. 이 작품은 기존의 '인어 서사'의 모티프를 중심으로 이야기를 시작한다. 기존의 인어 이야기가 비극적인 애정을 중심으로 이야기를 서술했다면 이 소설은 인물의 현대적인 삶의 모습에 초점을 맞추고 있다. 우리가 생각하는 인어공주의 비극적인 스토리의 변모가 아니라 사실적이고 현실적인 애정의 모습에 집중하고 있다.

조은애의 소설에서는 남자 주인공이 인어라는 설정을 통해 그간의 인어 서사의 변모를 가져왔다. 또한 이 소설에서는 변화하는 시대적 환경과 배경을 구체화하고 있다. 여성이 남성의 주변인이나 희생을 강요당하는 역할만을 하는 것은 아니다. 자신의 요구를 당당히 드러내고 있다. 현대의 대중들은 소통의 부재와 고립 속에서 살아가는데 이 소설을 통해 작가는 진정한 소통의 의미와 참된 애정의 구현을 보여주고 있다. 아울러 참된 애정의 모습을 갈구하는 현대 대중의 심리가 반영된 작품으로 볼 수 있다.

드라마 – 「푸른바다의 전설」

SBS 드라마 〈푸른 바다의 전설〉은 2016년 11월 16일부터 2017년 1월 25일(20회)까지 방영되었다. 시청률 20%를 상회한 이 드라마는 조선

시대의 야담집인 『어우야담』에 나오는 '인어 이야기'를 모티프로 한 현재와 조선시대를 넘나드는 판타지 로맨스 드라마의 성격을 가졌다. 이 작품 속에는 매우 흥미롭고 다양한 소재가 등장하여 호기심을 자극하는 한편 극의 흐름에 있어서 타임슬립이 중요한 축으로 작용한다. 또한 타임슬립을 통해 스토리와 관련한 선명한 인과가 보여진다.

드라마 〈푸른 바다의 전설〉에서는 인어 심청(전지현 분)과 사기꾼 청년 허준재(이민호 분)의 사랑이야기이다. 그러나 이들의 인연은 단순히 현재에만 그치는 것이 아니라 조선시대로 거슬러간다. 전생에 고을 현령이던 허준재가 인간들의 탐욕에 희생될 뻔한 심청을 구해준다. 인어는 자신을 구해준 남자와의 약속을 지키기 위해 육지로 돌아온다. 상상속의 산물인 인어를 현대 도시로의 출현이라는 소재에서 시작된다. 드라마 속 인어 심청은 인간의 기억을 지울 수 있는 초월적인 능력을 가졌다. 현대의 여성 인물인 인어 '청'은 인간을 압도하는 괴력과 식탐을 자랑하는 존재로 그려지며, 무지하지만 순수한 눈빛으로 현대문명과 인간사회를 바라본다. 지독하게 '비인간적인' 인간 세상의 모습을 바라보는 인어의 시선을 통해 작가는 인간을 중심으로 하는 휴머니즘적 요소를 강하게 그려낸다. 이 드라마에서 기억과 애정은 스토리 전개의 핵심요소이다.

인어란 인간과 바다의 경계에 선 존재다. 거기에는 인간의 세계와 바다의 세계가 교차한다. 인어 서사가 말하는 것은 바다가 가진 자연 그 자체의 순수함과 대비되는 인간 세계의 욕망이고 그 부딪침과 상생의 길이다. '어우야담'에 기록된 담령의 이야기를 그대로 차용하여 성실히 형상화하고 있다. 〈푸른바다의 전설〉에서 인어를 잡은 양씨(성동일 분)는 "인어에게서 기름을 취하면 무척 품질이 좋아 오래되어도 상하지 않는다"며 "날이 갈수록 부패하여 냄새를 풍기는 고래 기름과는 비교도 할 수 없습니다."라고 말한다. 자연을 생명으로 보기보다는 욕망을 채워줄 산물로 바라보고 있다.

〈푸른바다의 전설〉 등장하는 인간과 인어의 사랑은 단순한 호기심과 재미로 볼 수 있는 사랑의 이야기가 아니라 다양한 스토리의 전개이다. 이 드라마는 한국사회에서 벌어지고 있는 현실들을 그대로 재현하고 있다. 마대영(성동일 분)을 이용한 서희(황신혜 분)의 청부살인 의도, 병원 의료사고, 학교 왕따 사건, 부유층 돈 빼돌리기, 학력을 세탁한 뒤 살아가는 부유층 사모님 안진주(문소리 분), 사치로 인해 노숙자가 된 여인(홍진경 분), 일반 사람들을 현혹시키는 도쟁이(차태현 분)등 흥미로운 에피소드가 보여진다.

아울러 자연을 대변하는 인어라는 존재를 통해 자연과 인간이 공존할 수 있는 방식을 그려낸 것이라고 볼 수 있다. 이 드라마에서 사랑을 묻는 인어에게 남자 주인공은 "사랑은 위험한 것"이라며 그건 "항복"이고 "지는 것"이라고 말해준다. 하지만 이를 통해 욕망이 없는 순수하고 본래적인 존재로 인어의 모습을 잘 형상화하고 있다. 또한 이 드라마에 등장하는 여주인공은 신비스러운 분위기와 냉소적인 모습으로 기피의 대상이 아니라 지금 현실의 여성들과 같은 모습을 하고 있다. 또한 아름다운 외모를 지니고 있으며 밝고 명랑한 성격으로 인해 주변 사람들과 잘 어울리고 진솔한 모습을 보인다.

이 드라마에서 인어의 모습은 동양의 인어의 모습보다는 서양의 인어와 가깝다. 본래 우리나라의 인어는 중국의 문헌으로부터 유입되어 교인 이미지를 중심으로 전승되었다. 인어는 물고기와 인간으로 구분하기 어렵고, 그 성별도 정확하게 이야기하기 어려웠다. 때로는 인간과 적극적으로 소통하기도 하고 짝을 잃고 외로운 사람들에게 애정의 대상이 되기도 했다. 또 사람에 의해 잡아먹히고 기름으로 쓰이기도 했다. 그렇지만 이 작품에 형상화된 인어는 예쁜 여인의 형상이며 서양의 인어 공주의 이미지를 닮았다. 이 작품에 등장하는 인어는 상반신은 사람이고 하반신은 물고기로 뛰어난 미모를 지닌 20대의 아름답고 천진하며 젊은 여인의 모습을 가지고 있다. 다소 세상물정에 어둡기도 하다. 여주인공 인어는 지금의 현실을 살아가는 현대여성의 모습으로 형상화되었다. 백화점, 강남, 신용카드, 편의점, 노트북, 티비, 명품백, 파티 등의 현대적 사물을 능숙하게 활용하며 그것을 거부하기 보다는 그것의 가치와 편리함에 흥미를 보였다. 또한 이러한 현대적 사물이 보여주는 문화적인 측면에 저절로 동화되어 괴리감을 보이지 않는다.

눈물은 우리의 몸에서 일어나는 특이한 결정체이다. 우는 사람에게는 정화작용을 가져오는 한편 상대방은 안타까움이나 동요의 동화작용을 할 수 있게 한다. 이 드라마에서도 눈물은 스토리를 전개하는 큰 틀로 작용한다. 여주인공이 실제 신분과 존재를 알려주는 역할을 하기도 하고 자본주의에 노출되어 위험에 처하게 만들지만 생계를 이어가게 하는 수단이 되기도 한다. 또한 이 작품에서 인어는 공포나 경외심을 갖게 하는 존재로 등장하는 것이 아니라 자신이 입은 은혜를 갚을 줄 아는 인물로 형상화되었다. 그동안 전승된 인어는 눈물로 만든 진주나 물에 젖지 않는 비단을 선물하여 단편적으로 인간에게 은혜를 갚는 인물로 그려졌다. 이 드라마에서 인어는 위험에 처한 자신을 구해준 주인공에게 은혜를 갚거나 그를 지키기 위해 다양한 능력을 지닌 강인한 존재로 그려지고 있다. 원래 바다가 고향인 인어 청(전지현 분)은 뭍으로 올라와 심장이 점점 굳어가고 있었고, 운명의 상대인 허준재(이민호 분)를 대신해 총까지 맞아 더욱 건강이 악화되었다. 하루 빨리 바다로 돌아가 건강을 회복해야 하는 청의 상태를 알기에 준재도 더 이상 그녀를 붙잡아둘 수 없었다. 그리고 본래로 돌아가기 위한 결정을 내리지만 결국은 행복한 결말로 막을 내린다. 인어는 바다로 돌아가기를 선택하기 보다는 바다가 가까운 인간세계에 남아서 행복한 가정을 꾸리면서 살아간다는 것으로 마무리가 된다. 인어 심청은 이처럼 순수한 모습을 지니고 있다. 다시 말해 현실에서는 존재하기 어려운 환상적인 존재이다. 환상은 존재할 수 없는 것이 존재함을 제시하면서, 존재할 수 있는 것에 대한 문화의 제한을 드러낸다. 현실에서 불가능한 순수한 심청을 등장시켜 오늘날 우리사회가 지닌 불편함을 드러내기도 한다.

동화 - 임정진, 「상어를 사랑한 인어공주」

「상어를 사랑한 인어공주」는 원 텍스트인 안데르센의 「인어공주」를 비평하며, 임정진 작가가 새로운 해석과 함께 다시 쓴 창작 동화이다. 사회적 배경과 함께 「인어공주」는 끊임없이 재해석되어 전달되고 있다. 이 작품은 패러디 수법을 사용하고 있다. 인어 서사에 소재나 주제를 변용하고 있는 「상어를 사랑한 인어공주」에서는 원 텍스트와 다른 시각을 보여준다. 주인공 '블랙펄'은 물고기 머리에 사람 다리를 한 인어 공주이다. 서로 사랑에 빠진 상어왕자 '누르슴'과 블랙펄은 마법사를 찾아가 커다란 고무 오리발을 선물받고 행복해한다. 왕자와 다른 외모, 다른 신체적 구조를 가지고 있다는 것은 원 텍스트와 다를 바 없지만, 외모와 다양한 차이로 인하여 '블랙펄 공주'가 갖는 태도는 매우 다르다. 그는 주체성을 상실하고 일방적으로 편입되는 모습을 보여주지 않는다.

원 텍스트는 비극적인 사랑의 이야기이다. 안데르센의 '인어공주'는 자신의 본래성을 상징하는 지느러미 대신 다리를 갖고자 한다. 또한 애정의 대상인 왕자와 소통할 수 있는 방편을 다리라고 생각하고 그것을 얻기 위해 목소리를 잃는다. 결국 인어공주는 자신의 본래적 모습에 집중하기 보다는 새로운 세계로 편입하기를 선택한 것이다. 그러나 결국 물거품이라는 비참한 결과를 가져 온다.반면, 패러디 작품 '블랙펄 공주'는 자신의 본래적인 모습을 의미하는 다리를 단념하려고 하지만, 왕자의 정성어른 충고로 결국 자신의 모습을 있는 그대로 인정한다. 여기에서는 단순히 외모적인 측면으로만 이야기하는 것이 아니다. 문화적인 차이, 생각의 차이가 있지만 이것들은 틀린 것이 아니라 다름을 수용하는 것으로 형상화하고 있다. 여기에는 비극적인 애정사 혹은 한 개인의 주체성 상실에 대한 의미를 설명하는 것이 아니다. 다문화사회를 긍정적으로 이끌어 가는 작품으로 작용할 수 있다. 이 작품은 우리가 깨닫지 못했던 부분을 새롭게 부각하여 주제를 확장하고 있다. 그러면서도 유머를 잃지 않는 섬세함이 돋보인다.

이 작품에 등장하는 인어를 통해 누구나 행복을 추구할 권리가 있으며 그 행복을 찾는 출발선은 자신의 모습을 인정하고 사랑하는 데 있다는 걸 이렇게 일깨워 주고 있는 것이다. 그러기 위해 인어는 자신의 정체성을 상실하지 않고 수용하며 타인과 함께 살아가는 현대인의 삶의 가치를 드러내고 있다. 여기에 인어공주가 환상적이고 초월적인 존재의 모습이 아니라 우리와 같이 현실적인 삶을 살아가는 동반자적인 모습을 보여주고 있다.

인어 서사의 현대적 변용 특질

인어 서사는 오랫동안 전 세계적으로 끊임없이 지속되어 온 이야기로. 인어는 환상적이고 초월적인 존재로 인식하지 않고 실재하는 존재로, 인간의 욕망을 반영한 존재로 보여진다. 그렇기에 인어 이야기는 지금도 다양한 콘텐츠로 변환되어, 끊임없이 확대되어 재생산되고 있다. 인어라는 존재가 지닌 신비감과 바다라는 공간이 주는 미지와 환상의 확장이 가져온 것으로 보인다. '바다'라는 공간은 단순히 두려움과 죽음의 공간으로만 인식되지 않았다. 소통의 공간이면서 삶과 죽음의 접전이기도 하다. 활동, 생산, 창조, 연속의 공간이기도 하다.

이처럼 인어 서사는 오랫동안 상징적으로 해석하는 경우가 많았으나 최근의 연구를 통해 새로운 인물형으로 그 특질을 실증적으로 규명하고자 노력하고 있다.

인어 서사가 전승되고 현대적으로 변용된 작품들은 여러 장르의 소통을 통하여 구체적이고 사실적으로 현실의 모습을 상세히 설명하고 있다. 인간은 불완전하고 한계를 가지고 있기 때문에 현실을 넘나드는 초월적 능력에 대한 일정 이상의 기대를 가지고 있다. 최근에 현대적으로 변용한 작품들은 그간 인식되어 온 서양적인 이미지에서 탈피하여 동양의 인어적 특성과 안데르센의 동화로 대변되는 서양의 인어적 특성을 혼합하고 있다. 이는 다원적인 사고가 필요한 대중의 상상력이 확대되고 있다는 증거이기도 하며 매체의 발달로 인한 하나의 단면이기도 하다.

그러나 다양한 측면에서 서사를 규명하고 재창조하여 이를 바탕으로 다양한 변화와 실험이 필요하다. 인어 서사가 형성되었던 사회적 · 문화적 문맥을 다시 한번 재점검할 필요가 있다. 특히 시기적으로 인어 서사가 왕성하게 전해지던 시공간을 이해한다면 작품이 가지고 있는 관계적 가치를 규명하고 추구할 수 있는 것이다. 현대적으로 변용한 작품에서 인어는 독립심을 지닌 여성으로 강한 의지를 보여주며 자신의 역할을 제한하는 바다 세계와는 다소 다른 삶의 양상을 실현하기 위해 고통, 상실, 희생 등을 기꺼이 감수한다.

인어와 관련한 이야기는 지금까지 대체적으로 사랑의 이야기에 주목하고 있고, 비극적인 사랑의 소재로만 작용하는 사례가 많았다. 그러나 이야기의 내부를 살펴보면, 시대와 문화적 상황에 따라 다양한 해석을 할 수 있다. 신분 차이로 맞이하는 비극적인 결말, 혹은 주체성의 상실이 사회적 관심의 대상이 될 때에는 그 상황을 극복할 수 있는 열정적이고 발전된 삶을 사는 이야기로 규명하여 전승되어 왔다. 이야기의 전달자인 대중은 설화 속에 낯선 인물을 표현하기 보다는 자신들과 유사한 인물 유형들을 표현하고 변용하여, 여기에 배경과 사건을 중심으로 인물들의 행동을 사실적으로 나타낸다. 인간에 비해 약하고 힘없던 존재로 보여지던 인어라는 이미지가 실상은 인간의 기억을 지우는 등 강력하고 다양한 능력을 갖춘 존재로 바뀌어간 것이다. 인어 서사의 초기에는 물고기 모습에 가까웠던 인어가 인간의 이미지로 한층 강화되면서 그 능력도 강화되어 초월적이고 신비한 능력을 발휘하게 된 것으로 전환되었다.

인어 서사는 신비롭고 초월적인 대상을 통해 현실과는 다른 상상의 외연을 확장하기에 매우 적합한 요소들을 지니고 있다. 다양한 자료를 통해 호기심을 자극하고 상상력을 증폭하기에 충분하다. 우리나라 인어 서사의 인물형은 일반적인 신화, 설화에 형상화된 여성 인물형과는 다른 측면이 보여진다. 영웅적인 면모를 보이기도 하고 때로는 고난을 수용하기도 한다. 그러나 그 내부에는 인내와 희생을 지니고 있으며 진주 눈물과 젖지 않는 비단 등을 만들어내는 생산력을 갖고 있다. 아울러 인간과의 상생을 모색하고 있다. 여기에 생활력과 친근감을 동시에 지니고 있는 것이다.

현대적으로 변용한 작품에서는 동서양의 인어가 지닌 특징이 고스란히 나타난다. 외모는 안데르센의 인어공주를 기반으로 한 젊고 아름다운 여성의 모습을 가지고 있다. 그러나 이들을 자신의 삶의 방식과 문화를 강용하는 이기적인 면모를 표현하기 보다는 희생과 순종을 미덕으로 여기는 동양적 사고를 지닌 여성의 모습으로 표현하여 동서양의 인물형이 혼재한다. 아울러 인어서사를 통해 현실에서 추구하는 애정의 모습은 일방적인 강요에 의한 희생이 아니라 서로 포용하는 과정을 통해 인간의 불완전성과 사랑의 의미를 깨닫게 되는 것이다. 이를 통해 현실속의 현대인의 삶의 방식과 생활의 단면을 되돌아보게 한다.

생각할 문제

1 '인어서사'에서 '눈물'이 상징하는 것은 무엇이고, 이에 대한 자신의 생각을 설명해보자.

2 자연과의 상생하는 삶을 강조하고 있는 현실에서 우리가 자연과의 상생을 위해 해야할 일들이 무엇인가?

3 드라마 〈푸른바다의 전설〉에서 등장하는 인어의 모습은 현실의 우리와 상이한가? 그렇다면 그러한 이유에 대해서 이야기해보자.

4 자신이 읽어 본 인어담이 있다면 이야기해보자.

5 문학작품이 현대적으로 변용된 사례가 있다면 찾아보고, 그 특징에 대해 상세히 이야기해보자.

함께 살지만 모든 짐을 함께 나누어야 하는 것은 아니다

채샘, 〈오늘을 잘 살아내고 싶어〉, 연지출판, 2020.

이 책은 도박중독자 쌍둥이 오빠와 함께 살며 혼란, 갈등, 회복을 겪는 여정을 담담하고 솔직하게 기록한 수필이다. 저자는 도박중독에 빠진 쌍둥이 오빠 때문에 금전적인 어려움과 가족으로서의 책임감 등에 괴로워하지만, 그것을 슬기롭게 대처해 나간다.

교재에 인용된 부분은 저자가 가족과 갈등을 겪으면서 고민하고 괴로워하는 부분이다. 저자는 이러한 심리상태를 '가족병'이라고 지칭했으며, 이는 저자뿐만 아니라 현대 한국사회의 많은 구성원들이 가지고 있는 병이라 생각된다. 따라서 이 글을 통해 가족에 대해 새롭게 인식함과 동시에 과도한 책임감이나 부담감에서 벗어나 개개인으로서의 자신을 찾고, 자신이 할 수 있는 만큼만 하는 것이 나쁘지 않은 것임을 인지하고 가족과의 관계에서 편안해지기 바란다.

| 저자 |

채샘

작가. 도박중독에서 회복 중인 오빠와 함께 산다. 매주 단도박 가족모임에서 초연함을 배우고 연습하며 '가족병'에서 회복 중이다.

거리두기

한국에 계신 부모님과 전화 통화를 할 때마다 어김없이 현이 이야기가 나왔다. 요즘 어디서 어떻게 지내고 있는지(현은 치료를 받아야 한다는 핑계로 서울로 돌아갔다. 그리고 그대로 사라져 고시원에 들어갔다고 연락해왔다), 어떤 의심 가는 정황이 있었는지, 언제 또 얼마를 날렸는지. 그 뒤엔 부모님의 하소연이 이어졌다. 아빠는 어디가 아프고, 엄마는 어디가 아픈지. 얼마나 빚을 졌고, 얼마나 갚아주었는지. 통화가 한없이 길어지면 마음이 자꾸 먼 곳으로 떠났다. 그만 듣고 싶다. 오늘 저녁엔 뭘 해 먹지. 내일은 몇 시에 일어나 일을 하러 가야 하더라? 그럴 때마다 스스로를 타일렀다. 들어줄 사람이 나 말고 또 누가 있겠어. 그렇게라도 말을 밖으로 꺼내면 부모님의 마음이 조금이나마 아물겠지. 그러니 듣자. 지금 내가 할 수 있는 건 들어주는 것뿐이다. 하루가 멀다 하고 집으로 걸던 전화가 일주일에 두어 번으로, 또 몇 달이 지나니 한 달에 두어 번 정도로 뜸해졌다. 전화가 뜸해질수록 마음도 멀찍이 물러섰다. 한국이 아닌 여기에 있어 참 다행이야. 나까지 한국에 있었더라면 초상집 같은 집안 분위기에 짓눌려 다 같이 우울했겠지. 집안에 멀쩡하고 씩씩한 사람이 한 명이라도 있어야 했다. 그게 나여야 했다. 점점 아일랜드에서의 삶에 무게가 실렸다.

아홉 시간의 시차, 8,950km의 거리. 마음만 먹으면 무슨 일이 있었냐는 듯, 별일 없이 산다는 듯, 무심하게 굴 수 있었다. 하지만 그곳과 이곳의 거리는 점차 나를 부모님과 현의 일에 무력하게 만들었고, 그 사실을 곱씹을 시간은 무한대로 손에 쥐여 주었다. 의식적으로 거리를 두려 하면 할수록 마음 한편엔 죄책감과 자학과 분노가 싹을 틔우고 쑥쑥 자랐다. 신에게 기도하는 것조차 너무 손쉽고 비겁하게 느껴졌다. 끝이 보이지 않는 싸움이었다. 그 싸움에 휘말린 나 자신이, 내 부모가, 가련했다.

자기 연민의 늪은 원래부터 내 집이었던 것처럼 아늑했다. 나는 그 안에 들어앉아 빗장을 굳게 걸어 잠갔다.

가족병

나는 교본과 책자를 구입했다. 가족모임에서 가르치는 내용을 모조리 흡수하고 싶었다. 꾸준히 모임에 참석하고 여사님들의 이야기를 들으며 교본의 내용이 자연스럽게 스며들었다. 일단 현이 도박중독이라는 정신 질환에 사로잡힌 환자라는 사실을 받아들이자 현에 대한 분노가 조금씩 수그러들기 시작했다. 그다음 받아들인 것은 나 또한 '가족병'에 시달리는 환자라는 사실이었다.

도박중독자의 가족은 불안, 초조, 우울, 울화, 무기력 등 다양한 정신적 고통에 시달린다. 도박중독자 대신 생계를 홀로 짊어지게 되는 중독자의 가족은 살기 위해 부정적인 감정들을 떨쳐내려 하거나 무시하고 억누른다. 그러나 무시하려 하면 할수록 부정적 감정은 더 증폭될 뿐이다. 감정적, 정신적 고통은 결국 몸으로 표출된다. 이를 신체화 증후군(somatization syndrome)이라 한다. 속이 더부룩하고, 가슴이 답답하고, 손발이 차갑고 저리며, 수면장애를 겪거나 월경주기가 불규칙해지고, 두통, 어지러움 등을 느끼는 것이 대표적인 증상이다. 마음의 병이 깊어지고 스트레스에 취약해 지면서 몸도 병드는 것이다. 이렇게 정신적 충격으로 인해 일상생활에서 몸과 마음의 장애를 겪는 현상을 의학계에서는 '트라우마 (외상 후 스트레스 장애)'라 진단한다. 그리고 가족모임에서는 이를 '가족병'이라고 불렀다.

'가족병'은 의학적 진단명은 아니지만 내가 도박중독자와 가족으로서 함께 살면서 경험하는 고통을 이해하고 설명하는 데 가장 정확한 표현이었다. 나는 모임에 다니기 전 일반 상담사에게 상담을 받으며 스스로가 우울과 무기력에 압도된 것을 인지했다. 하지만 이 증상에 '가족병'이라는 이름을 붙인 것은 촛불로 밝히던 어두운 길목에 환한 전등불을 켠 것과 같았다.

우리는 가족이라서 외면할 수 없고, 가족이라서 짐을 나누어져야 한다고 믿었다. 사람들은 남편이 도박중독자라고 하면 너무도 쉽게 이혼하라고 말한다. 그러나 당사자의 사정은 그리 간단하지 않다. 온갖 이유가 가족들의 발목을 잡는다. 과거의 행복했던 추억, 사랑의 감정, 내 아이의 아버지 또는 어머니라는 사실, 양육권 분쟁의 어려움, 가족 간의 이해관계, 죄책감, 사회적 체면, 나아질 수 있으리란 희망 같은 것들 말이다. '정상가족' 이데올로기가 강한 한국에서 이혼은 절대 말처럼 쉽지 않다.

나처럼 형제가 도박중독자거나 자식, 부모가 도박중독자인 경우는 가족주의에 더 강하게 영향을 받는다. 우리는 인간으로서 존엄을 지키며 살기 위해 때로는 가족과 거리를 두거나 최후의 방법으로 연을 끊는 선택을 하기도 한다. 그 선택과, 선택하기까지 당사자가 겪은 과정에 대해 누구도 쉬이 말할 수 없고, 말해서도 안 될 것이다. 그러나 유교적 가족 관념이 뿌리 깊이 내린 한국 사회에서 부모-자식 관계, 형제 관계는 혈연이라는 '천륜'으로 맺어져 있기에 깨질 수도 없으며, 이를 저버리는 것은 곧 인간이기를 포기하는 것으로 간주한다. 중독자의 가족들은 사회적 몰이해와 개인적 고통 사이에서 절망하고 병들어간다.

나는 나의 불안과 의심, 억울함 같은 감정들, 심장이 갑자기 빨리 뛰고 턱에 과도하게 힘을 주는 습관 등이 모두 도박중독자의 가족으로 살면서 얻게 된 '가족병'임을 알게 됐다. 나는 가족병에 시달리는 '환자'였다. 고쳐야 할 것은 현의 도박문제 뿐만이 아니었다. 오히려 가장 먼저 해야 할 조치는 나의 '가족병'을 고치는 것이었다. 가족인 내가 먼저 살아야 중독자도 살릴 수 있다. 그 사실을 깨우침으로써 나는 회복을 향해 또한 걸음을 내디뎠다.

1 작가가 생각하는 올바른 가족관계는 어떤 것인지 서술해 보자.

2 자신이 이러한 상황에 처한다면 어떻게 행동했을 것인지 이유와 함께 이야기해 보자.

3 자신이 겪었던 가족과의 갈등을 떠올려보고, 적절한 대응법이 무엇이 었을지 생각해 보자.

4 본인이 생각하는 바람직한 가족관계란 어떤 것인지 이야기해보자.

5 가족 구성원의 도박중독 문제에서 사회나 국가에서 도와줄 수 있는 방법은 무엇이 있을지 생각해 보자.

우울, 새롭게 인식하기

김정인, 〈나를 앓던 계절들〉, 디어나잇, 2019.

이 책은 우울한 일상과 사념을 담은 수필이다. 우리가 흔히 겪는 상실에서부터 불안, 우울, 무기력함 등을 다루고 있다. 누구나 한번쯤은 겪었을 법한 마음 속 고통과 아무리 발버둥 치더라도 나아지지 못하는 지지부진한 삶, 그리고 그 속에서 건져내는 위로와 위안, 모든 것들을 가능하게 만드는 관계들을 이야기한다.

교재에서는 자기 존재에 대한 질문들과 자기 효용성, 그리고 우울에 대한 인식을 다루는 몇 편을 간추려 인용하였다. 이 몇 편의 글은 독자가 자기 존재에 대해 함께 물어보면서, 그 속에서 자신만의 답을 찾고 자신의 바닥을 단단히 다져 그 위에 새로운 자신을 세워가기를 바라는 마음으로 쓰여졌다. 이 글을 통해 우울이 반드시 자신의 나약함 때문은 아니며, 누구도 그렇게 쉽게 비난 받을 수 없다는 것을 인지하길 바라며, 또한 그 무엇을 이루지 않더라도 누군가 비슷한 기분으로 살고 있다는 사실에 조금이라도 위로를 받기를 바란다.

| 저자 |

김정인

문학석사. 영화와 문예 창작을 전공하였다. 여성과 청년, 우울 등에 관심을 가지고, 그것을 중심으로 연구 스펙트럼을 넓히고 있다. 우울을 다루는 에세이집 〈나를 앓던 계절들〉을 펴냈다.

본문

울지 못하는 밤

생에 한 번도 속해본 적이 없이 적을 둔 곳마다 떠다닌다. 어느 쪽도 내 것이 아니고 어느 쪽에도 내가 없다. 생은 필요도 없이 내게는 온순하고 질겨서 끊어지지도, 위협 되지도 않은 채 잔잔히 흐른다.

당신은 생에 절실해지지 못해 침잠해가는 나를 보며 그 여유가 부럽다고 내 무력에 이름 붙인다. 나의 불안은 사치가 되고, 그것이 내게 얼마나 불행인지 모른 채 행복하게 여기라 말한다. 두 손으로 단단히 생의 목줄기를 꽉 붙잡고 매달리는 당신이 부럽다고 대답할 수 없었다. 혀는 자꾸만 입 속에서 말려 들어간다. 내뱉지 못하는 말들은 십삼인의 아해들처럼 몸속을 휘젓는다.

울지 못하는 밤이 늘어만 가고 언젠가는 밤이 찾아오 지 않는 날이 올 것이다.

저마다의 불행

저마다의 불행이란 건 누군가가 그 경중을 재어볼 수 없다는 걸 뜻한다. 나의 불행은 나에게 맞게 디자인되어 내가 가장 아파할 부위를 콕콕 찌른다. 내가 나라는 사실은 어느 모로도 내겐 불행이었다. 4년제 대학교를 나와서 불행이었고, 여자라서 불행이었고, 처절할 일이 없는 상황이 불행이었다.

모든 떨어지는 것들에는 각자의 이유가 있듯 나의 불행은 내가 나라는 것이었다.

미움은 나의 힘

가짜의 삶을 살고 있다. 어느 것도 내가 아니다. 어느 것이 나인지 알 수 없다. 사랑을 찾아 헤맸지만, 자신을 사랑하지 못했다던 기형도의 시가 맴돈다. 나는 자신을 미워만 하다 잃어버렸다.

나는 어디에 있을까. 지난 시간 어딘가에 부분부분 잘게 흩뿌려져 있을까. 애초에 내가 있었나.

무의미는 무의미한가

틀어놓은 라디오에서 하루하루 의미가 있는 삶을 살라는 응원을 들었다. 무의미는 무가치한가? 무의미는 무의미한가? 때론 웃는 낯빛에도 상처를 입는다.

자신을 사랑하라는 말들이 넘쳐나고, 자신을 사랑하는 것이 새로운 미션처럼 자꾸만 주어진다. 나는 나를 사랑할 수가 없는데, 할 수 있다고 위로 받을수록 꼼짝할 수 없다. 나는 자신의 불가능 앞에서 또 넘어진다. 무의미는 무가치한가. 무의미한 질문만을 반복한다.

무의미는 무의미한가. 아무런 의미를 가지지 못한 내가 질문한다. 무의미의 의미가 나를 자꾸만 지워간다. 사라지고 있는데 숨이 트이는 것 같다.

상하는 모든 것들의 운명

혼자 자취하던 시절에는 치킨 한 마리를 시키면 늘 남아 냉장고에 넣어두었다. 한 번 냉장고에 들어간 치킨은 여간 해서 다시 나오는 법이 없었다. 애초에 없었던 것처럼 냉장고 속에 숨어 있다가 어느 순간 고약한 냄새와 함께 나타난다. 어떠한 맛있는 음식도 마찬가지였다. 결국 시간이 지나고 나면 고약해져 버렸다. 나는 가끔 그 고약한 냄새에 위로받았다. 자신만이 그런 것이 아니라고, 어쩌면 이것은 상하는 모든 것들의 운명이라고.

1 자신이 생각하는 불행은 무엇인가? 그리고 그렇게 생각하는 이유를 말해보자.

2 불행이나 우울의 절대값을 정할 수 있다고 생각하는가? 정할 수 있다면 기준점과 이유를 서술하고, 정할 수 없다면 그렇게 생각하는 이유에 대해 서술해보자.

3 타인의 불행 혹은 우울을 마주했을 때 위로해줄 수 있는 말들은 무엇이 있을까?

4 자신을 사랑하는 것이 어떤 의미인지 말해보고, 구체적인 예시를 들어보자.

5 자신이 겪었던 힘든 일들에 대해 생각해보고, 힘들었던 이유와 그것을 극복했던 방법을 이야기해보자.

함께 나아간다는 것

〈전경린 소설의 여성 정체성 찾기의 패턴분석〉 픽션과논픽션학회, 2019

이 글은 전경린의 소설에서 여성정체성을 다루는 패턴이 있다고 보고, 전경린의 중·단편소설 「염소를 모는 여자」, 「맥도날드 멜랑콜리아」, 「천사는 여기 머문다 2」를 통해 이를 찾아내고 분석한 글이다. 이 글은 전경린의 소설에서 세 가지 흐름이 있다고 판단한다. 첫째, 가부장제 아래에서 방치되었지만 무언가 잘못되어간다는 인지를 하고 있는 여성들이 집 밖에 존재하는 또다른 소수자인 타자를 통해서 각성하지만, 결국 그를 통한 구원은 실패로 돌아간다.

교재에서는 세 가지 패턴 중 처음 두번째 패턴인 "소외된 여성"을 선택하여 인용하였다. 1990년대부터 2010년대까지의 작품 속에서도 여성이 처한 현실은 한결 같음을 인지하고, 무조건적인 비난이 아니라 비판적인 사고와 소설 속 주인공의 상황과 감정에 이입하여 조금 더 나은 사회를 위한 방향을 함께 모색하기를 바라는 마음에서 이 부분을 선택하였다.

| 대상작 작가 소개 |

전경린(1962~   )

1995년 〈염소를 모는 여자〉를 통해 등단하였다. 등단 이후, 마녀의 탄생, 귀기와 정념의 작가라는 화려한 수식어를 달고 활동하였다. 여성정체성에 관해 꾸준히 질문해오는 작품들을 써오고 있다. 1998년 21세기 문학상, 2007년 이상문학상, 2011 현대문학상을 수상하였다.

소외된 여성

　가부장제 사회에서 여성은 정체성이 훼손당한 상태로 자란다. 여성은 남성의 밑에 위치하며, 열등하고 보호받아야 하는 존재로 인식된다. 전경린의 소설에서도 여성인물은 하위주체로서존재할뿐, 자신 본래의 정체성과는 거리가 있는 삶을 살고 있다.

　「염소를 모는 여자」에서 미소는 한때 "빛나는 존재"가 되기를 바랐다. 20대의 미소에게는 주체적인 삶의 모델이 있었고, 그것이 당연했다. 그러나 현재 미소의 꿈은 이제 "한갓진 바닷가나 국도변에서 물 빠진 치마를 입고 고양이를 키우는" 웨이트리스가 되는 것처럼 소박해진다. 미소에게 중요한 것은 "누구에게도 감시 받거나 검토 당하지 않는 인생"을 갖는 것이다. 이는 사회 속의 한정된 여성의 역할-엄마와 아내-만을 성실히 수행하고 있는 미소의 은근한 소망과 다름없다.

　아줌마들은 설거지하고 나면 모여서 화투를 두드렸다. 어서 하루가 가고 달이 가고 해가 가고, 아이들은 자라고 병든 어머니들은 돌아가시고, 시누이들은 시집을 가고 남편이 늙어버리고 이유 없이 발바닥이 갈라지는 이 건조하고 무료한 시간이 흘러가버리라고 푼돈 들을 가지고 나와 짤랑짤랑 하루를 녹인다. 어제 한 말을 오늘 또 하고, 한 달 전에 한 말을 또 하고, 한 달 전에 한 말을 또 하고, 일년 전에 한 말을 또 하면서…… 그들은 대기 실에서 기다리는 무시무시하게 긴 장기공연의 엑스트라 무리 같다. 남의 연기를 보면서 늙어가고, 한구석에서 어두운 게임을 하면서 늙어가는 보류처분된 삶.

　미소 자신의 삶에 대한 생각은 역설적으로 미소가 마주한 다른 '아줌마들'의 삶에서 드러난다. "어제 한 말을 오늘 또 하고, 한 달 전에 한 말을 또 하고" "일년 전에 한 말을 또 하"는 아줌마들의 삶은 매일매일 반복되기만 하는 미소의 삶과 다를 바가 없다. 미소는 그들을 늙어가는 보류처분된 삶이라고 비난하지만, 이 비난은 남편과 아이의 삶의 "엑스트라"처럼 존재하는 미소의 삶을 향해 있다.

「맥도날드 멜랑콜리아」에서 나정은 "머리에 타인의 피를 흠뻑 묻히고 너무 오래 죽은 척"해왔다고 느낀다. 나정은 이혼 후 가게를 차렸지만 실패하고, 아무도 만나지 않고 집에만 머문다. 나정의 전남편과 자식들은 새로운 가정에서 나정을 잊고 살았고, 나정의 친구들도 더 이상 나정에게 연락하지 않았다. 나정은 "모두 그녀를 잊었고, 아무도, 아무도 곁에 없었다"고 느낀다. 나정의 이러한 경제적, 사회적 활동에서의 소외는 나정이 "일주일에 두어 번, 뱃속에 구덩이가 파인 듯 무엇으로도 채울 수 없는 허기"를 느끼게 한다. 나정이 그 참을 수 없는 허기 속에서 찾아가는 장소는 '맥도날드'다.

구덩이가 파인 듯한 나정의 절박한 허기는 타인, 즉 인간관계에 대한 굶주림이다. 그러나 나정은 관계의 굶주림을 채우기 위해 사회 속으로 뛰어들 수 없다. 나정에게 사회란 재해들로 가득한 곳이며 나정이 머물고 있는 집만이 재해로부터 안전한 안전지대이기 때문이다. 나정이 선택한 맥도날드는 완벽에 가까운 익명의 공간이다. 익명의 타인들이 잠시 스쳐 가기만 하는 익명의 공간은 나정 또한 익명의 존재로 만든다. 즉, 나정에게 맥도날드는 사람들과 닿을 수 있는 사회와의 접점임과 동시에 자신의 신분이 보호되는 장소다.

맥도날드는 세계 어느 곳에서도 같은 모습을 가지고 있다. "하나의 맥도날드 내부는 세상 모든 맥도날드의 공기를 공유하고 있어서 하나의 맥도날드에 앉아 있는 것은 세상 모든 맥도날드에 앉아 있는 것과 같"고, 이는 마치 맥도날드라는 공간이 "허공의 섬"처럼 느껴지게 만든다. 맥도날드의 '모든 곳에 있으면서 어디에도 없는 것만 같은 속성'처럼 나정은 어디에도 속하지 못하고, 벗어나지도 못한다. 나정은 모든 사람들을 잊고 혼자만의 삶을 사는 것도 두렵지만, 다시 재해가 가득한 사회로 들어가는 것도 두렵다. 나정은 어느 곳으로도 가지 못한 채 "옥외계단"에 주저앉아 있다.

「천사는 여기 머문다2」에서 인희는 유부남이었던 모경을 꼬셔 결혼했다. 그 때문에 인희는 "가정을 박살낸 여자라는 구설수를 겪으며 직장을 그만두"었다. 직장을 그만두고 3년의 결혼 생활동안 모경은 "퇴근 후부터 귀가하는 사이에 집으로 세 번이나 네 번쯤 전화를" 하며 인희를 감시했고, 인희가 감시에서 벗어 나면 폭력을 행사했다. 인희는 그 생활 동안 그나마 있던 둘 셋 정도의 친구들과도 멀어지게 되고 대부분의 시간을 집에서만 보내게 된다. 모경은 인희를 경제적 활동을 비롯한 사회 활동에서 철저하게 소외시켰으며, 자신의 '부인' 역할에만 충실히 임하기를 요구했다. 모경은 인희의 개인성을 몰살하며 자신의 하나의 부속물로 여겼으며 인희도 모경의 요구에 저항하지 못하고, 사회와 단절된 채 '모경의 부인'으로만 존재했다.

앞서 보았듯이, 세 소설의 여성인물들은 다른 인물들과 교류하지 않는다. 그들은 직업을 갖는 등의 사회적, 경제적 활동도 하지 않는다. 그들은 자기 자신이 아닌 누군가의 무엇으로 존재하거나 없는 사람으로 존재한다. 이는 여성의 억압이 당연하게 일어나는 전통적 가부장제 사회 아래에서 욕망을 거세당한 여성들의 소외를 보여준다.

● 생각할 문제

1 이 글에서 나타나는 세 여성이 처한 공통적인 문제점을 사회상과 연결시켜 이야기 해보자.

2 여성 정체성이라는 단어에 대하여 생각해보고, 어떤 것이 바른 여성 정체성일지 이야기 해보자.

3 자신이 겪은 소외의 경험과 그것을 극복했던 방법들에 대하여 이야기 해 보자.

4 세 이야기 중 하나의 이야기를 선택하여 결말을 만들어보고, 그렇게 결말을 지은 이유를 이야기해보자.

5 사회적 소외 상황에 놓인 소수자나 약자를 위하여 우리 혹은 국가가 해줄 수 있는 일들이 무엇이 있는지 생각하여 보자.

6 '하위주체'의 개념은 스피박의 '서발턴'을 지칭한다. 서발턴은 sub(하위)-altern(타자)라는 말로 "주체화 과정에서 배제되는 타자 집단을 칭하는 개념"이다. (정혜욱, 「스피박과 여성」, 『여성학연구』, 제18권 1호, 2008, 101쪽.)

현재, 삶의 모습을 생각하게 한다

이혜선, 「죽음준비-청년에게」, 2019.

이 글은 죽음에 대해 생각하며 우리의 삶을 돌아보게 한다. 특히 청년들에게 아이러니하게 들릴지도 모르는 '죽음'이라는 소재로 하여금 생에 대한 의지와 열정을 가져야 한다는 것을 강조하고 있다. 모든 사람에게 죽음은 피하고 싶은 대상이다. 그럼에도 불구하고 죽음을 피할 수 있는 사람은 없다. 죽음은 돌이킬 수 없는 것이기에 경험으로 이를 증언하거나 조언할 수 있는 사람도 없다. 그럼에도 불구하고, 죽음에 대해 계속 논의하는 이유는 우리 모두가 주어진 상황에서 최선의 삶을 살아가기를 소망하기 때문이다.

저자는 프로스트의 시를 인용하며 평범한 어조로 담담하게 죽음에 대해 설명하고 있다. 특히 다양한 삶을 살게 될 청년들에게 죽음을 이야기하며 삶의 소중함을 강조하고 있다. 생을 어떤 모습으로 살아가는 것인지 개인마다 다를 수 밖에 없다. 지금 우리의 모습은 하루 이틀 동안 만들어지지 않는다. 수 십 년 동안 내 삶의 조각과 가족, 지인들의 삶의 조각이 퍼즐처럼 맞물려 현재의 모습을 만들었다. 그만큼 복잡한 경험을 거쳐 옳고 그름뿐 아니라 죽음의 순간에 대해서도 각자 소망하는 바람이 생겼을 것이다. 또 한편의 글 〈나룻배와 행인〉에서는 부모님에 대한 애틋한 마음을 생각하게 한다. 우리의 현실은 도처에 위험이 도사리고 있다. 언제나 자식을 걱정하고 자식을 기다리고 있는 부모님의 마음을 돌아보며 우리의 삶을 더욱더 견고하게 다지는 계기가 된다.

| 저자 소개 |

이혜선(1950~   )

문학박사. 시인, 문학평론가. 1981 『시문학』으로 등단. 국제 펜클럽 한국본부 이사.
한국 현대시인협회 이사. 불교문인협회 이사. 강동문인회 부회장.
세종대학교, 대림대학교, 신구전문대학, 동국대학교 출강. 한국문인협회, 한국자유문인
협회 회원. 〈남북시〉, 〈시인의 집〉 동인. 시집 『흘린 술이 반이다』 『운문호일雲門好日』
『새소리 택배』등. 저서『이혜선의 시가 있는 저녁』 『문학과 꿈의 변용』등. 윤동주문학상,
예총예술문화대상, 동국문학상, 문학비평가협회상(평론) 외 다수 수상. 세종우수도서
선정(2016).

죽음 준비

　　　－ 청년에게 －
　　노란 숲 속에 길이 두 갈래로 났었습니다.
　　나는 두 길을 다 가지 못하는 것을 안타깝게 생각하면서
　　오랫동안 서서 두 길이 꺾어 내려간 데까지
　　바라다 볼 수 있는 데까지 멀리 바라다 보았습니다.
　　그리고는 똑 같이 아름다운 한 길을 택했습니다.
　　그 길에는 풀이 더 있고 사람이 걸은 자취가 적어
　　아마 더 걸어야 될 길이라고 생각했었던 게지요.
　　그 길을 걸으므로 그 길도 거의 같아질 것이지만.

　　그 날 아침 두 길에는 낙엽을 밟은 자취는 없었습니다.
　　아, 나는 다음 날을 위하여 한 길은 남겨 두었습니다.
　　길은 길에 이어서 끝없으므로
　　내가 다시 돌아올 것을 의심하면서.

　　훗날에 훗날에 나는 어디선가
　　한숨을 쉬며 이야기할 것입니다.
　　숲 속에 두 갈래 길이 있었다고.

나는 사람이 적게 간 길을 택하였다고.
그리고 그것 때문에 모든 것이 달라졌다고.

- Robert Frost 「가지 않은 길」

자아를 정립시키고 자기 인생길을 선택하여 뚜렷한 목표를 세우는 시기를 서양에서는 17~18세로 잡지만 우리나라에서는 20세로 잡는다는 보도를 읽은 적이 있다.

나는 새 학기 첫 강의 시간에 새로 만나는 신입생(freshman)들에게 이 시를 늘 읊어 준다.

'숲 속에 길이 두 갈래로 났었다' 고 미국의 인생시인 프로스트는 읊고 있지만 우리들의 앞에는 참으로 많은 가능성의 길이 펼쳐져 있다.

좁히고 좁혀서 마지막 남은 두 갈래 길 앞에 서서 그 중 한 길을 택하게 될 때, 그 길을 택하기까지는 최선을 다하여라.

그때까지는 고뇌와 번민의 밤을 지새기도 하고, 자신의 적성과 기호와 능력과 취미와 택하려는 길에 대한 장래성을 모두 고려하여 부모 형제에게, 선배에게, 스승에게 의논도 하고 자문도 구해야 할 것이고, 그래도 모자라서 방황하고 헤매고 모색하고 설레고 망설이기도 해야 할 것이다.

이런 모든 과정을 지나서 '이것이다' 하고 선택한 마지막 하나의 길···. 그것을 선택하고 난 후는 성실하게 언제나 변하지 않는 항심(恒心)으로 그 길을 향해 한 계단 한 계단 올라가야 할 것이다. 가다가 더러는 힘들어서 주저앉고 싶기도 할 것이고, 더러는 택하지 않고 내버려 둔 다른 길이 더 쉽고 편하게 갈 수 있고 게다가 아름답기까지 하다고 느낄 수 있으리라. 그러나 프로스트는 사명감을 이야기하고 있다. 그는 두 길 중 한 길을 택할 때, 풀이 더 있고 사람이 걸은 자취가 적게 난 길을 택하였노라고 하였다.

많은 사람이 걸어간 길은 반들반들 길이 나 있고 넓고 평평하여 가기

쉬운 길임에 틀림없다. 그러나 우리가 택하는 길은 남들이 모두 걸어간 길이 아니라 내가 아니면 갈 수 없는 길, 꼭 나를 기다리고 있는 나만의 길, 사명감을 가지고 가야 하는 의미 있는 길이다. 그러한 길을 걸을 때 우리는 삶의 보람을 더 많이 느끼고 행복감과 성취감에 젖을 수 있다.

한창 꿈에 부풀어 있는, 이제 막 인생의 길을 선택하려는 청년들에게 죽음을 이야기한다는 것이 이상한 것 같지만 우리는 살아 있을 때 죽음을 준비해야 한다. 살아 있을 때 죽음을 준비해야 한다는 것은 인생의 출발점에서부터 죽음을 염두에 두고 길을 선택해야 한다는 의미이다.

인도의 시성(詩聖)인 라빈드라나드 타고르는 그의 시 「기탄잘리」에서 죽음을 이야기하고 있다.

한 인간이 죽음에 이르렀을 때 생명의 신이 다가와 그에게 하나의 광주리를 내밀었다. "나는 그대에게 생명을 주었는데 그대는 생명의 대가로 여기에 무엇을 담겠는가?" 이 때 우리는 그 광주리에 무엇을 담아 내놓을 수 있을까.

"저에게 시간을 조금만 더 주신다면 그 광주리에 무엇이든 담아 놓을 것을 찾겠습니다." 이런 말은 통하지 않는다. 이미 나를 데려갈 죽음의 신이 기다리고 있는 마당에 나는 아무것도 그 광주리에 담아 내 놓을 것이 없도록 살아 왔다면, 그래서 그 바구니를 비어 있는 채로 두고서 죽음을 맞을 수밖에 없다면…. 우리는 어떤 수단으로도 갚을 수 없는 '생명'을 빚진 자가 되지 않겠는가.

그러므로 죽음에 대한 준비 시기는 우리가 살아 있을 때, 심장의 피가 끓고 있고 앞으로의 인생길을 준비하는 출발점에 서 있는 지금 하는 것이 가장 알맞은 때이다.

우리는 흔히 50대~60대 이후 인생의 후반기에, 나름대로 옆도 안 돌아보고 부지런히 인생길을 달려온 사람들이 삶에 보람은커녕 오히려 허무감을 느끼고 자신이 걸어온 삶의 길을 후회하고, 한탄하거나 방황하는 것을 본다.

자신이 세운 삶의 목표나 자신이 선택한 인생의 길이 바람직하지 못한 것이었다거나 혹은 뚜렷한 목표의식이나 선택의지가 없이 남들이 가는 대로 따라 달렸던 인생길에 대한 후회…. 그러나 그 늦은 시기에 다시 길을 바꾸거나 목표를 수정한다는 것은 이미 불가능한 일이다. 설령 가능하다 해도 선뜻 용기가 나지 않는 일이다. 아주 드물게는 그러한 시기에 새로운 목표를 세우고 새로운 삶의 길을 추구하는 과정에서 행복과 보람을 느끼고 큰 열매를 거두는 사람이 있어서 우리에게 희망이 되어 주기도 하지만.

다시 한번 말하지만 자기 삶의 길을 결정하기까지는 가능한 최선의 모색을 다하여라. 그리하여 인생길이 결정되었을 때, 가장 바람직한 목표가 설정되었을 때, 죽음에 이르러 후회하지 않는 삶이 되도록 삶의 비어 있는 바구니를 채우도록 최선의 노력을 다하여라.

프로스트의 두 갈래 길은 오늘도 그대 앞에 놓여 있다. 이미 선택한 목표라 하더라도 최선을 다 하는가 다하지 않는가가 다시 그대의 두 갈래 길이 될 것이다. 닿을 수 없는 별에 이르는 꿈의 길도 그대의 결심과 그대의 노력 속에 있다.

나룻배와 행인

어머니의 정신이 온전하실 때, 나는 모처럼 큰 맘 먹고 시간을 내어 구순이 넘은 어머니 곁에 사흘을 지내다 왔다. 모처럼 어머니 모시고 목욕탕에 가서 메마른 등을 밀어드리고, 함께 손잡고 동네를 천천히 거닐기도 하고, 내가 자랄 때의 옛이야기도 하면서, 오래 전에 돌아가신 아버지에 대한 추억도 함께 나누고, 내 딴엔 회포를 조금이나마 풀었다고 생각했다.

내가 서울로 돌아갈 준비를 하니 어머니가 곁에 오셨다.

"벌시로(벌써) 가나?"

"엄마! 세 밤이나 잤어요"

"한 밤도 안 잔 거 같다"

이어서 어머니는 흰 봉투를 내 가방 속에 밀어 넣으셨다. 내가 싫다고 밀어내도 막무가내다. "얼매나 쓸 데가 많겠노" 혼잣말을 하시면서…

아, 이렇게 연세가 많으셔도 도리어 자식걱정하시는 마음, 나는 차마 발길이 떨어지지 않았다.

내가 바쁘다는 핑계로 하룻밤만 묵고 올 때 어머니는 어김없이 말씀하셨다.

"그리 갈라 하믄 뭐하러 왔노?"

그렇게 일찍 갈 걸 뭐하러 왔노, 차라리 안 온 것 보다 못하다는 말씀이다.

어머니 마음속에는 언제나 자식 향한 그리움이 살고 있어서, 자식 기다림의 괴물이 살고 있어서 자식을 향해 목을 길게 빼고 있는 것이다. 그렇게 기다리고 그렇게 그리워하다가 만났으니 하룻밤의 시간이 그리도 빨리 가버리고 작별만이 아쉬운 것이다. 그렇게 또 새로운 그리움을 남겨놓고 갈 바엔 차라리 안 오는 게 낫다는 뜻이리라.

부처님의 설하신 경전 중에 〈부모은중경父母恩重經〉이 있다. 부모님의 은혜가 한량없이 크고 깊음을 설한 경인데 부모의 은혜를 십대은(十大恩)으로 나누어서 설명하고 있다.

① 품안에 품고 지켜주는 은혜(懷耽守護恩), ② 해산의 고통을 이기시는 은혜(臨産受苦恩), ③ 자식을 낳고 근심을 잊는 은혜(生子忘憂恩), ④ 쓴 것을 삼키고 단 것을 뱉아 먹이는 은혜(咽苦吐甘恩), ⑤ 진자리 마른자리 가려 누이는 은혜(廻乾就濕恩), ⑥ 젖을 먹여서 기르는 은혜(乳哺養育思), ⑦ 손발이 닳도록 깨끗이 씻어주시는 은혜(洗濯不淨恩), ⑧ 먼 길을 떠나갈 때 걱정하시는 은혜(遠行憶念恩), ⑨ 자식을 위하여

나쁜 일까지 짓는 은혜(爲造惡業恩), ⑩ 끝까지 불쌍히 여기고 사랑해주
는 은혜(究意憐愍恩) 등이다.

사람으로 태어나서 이러한 부모님의 은혜 없이 자라난 사람은 없을
것이다. 그래서 평소에는 잊고 있다가도 어버이날에 부모님 은혜 노래를
부르면 어김없이 눈물이 흐르는 것이리라. 그렇지만 마음만 뻔하지 지나
가고 나면 또 제 앞의 삶을 꾸려나가느라 까맣게 잊어버리고 사는 것이
우리 인간인 것 같다.

오늘 점자도서관에서 특강 중에 한용운의 시 〈나룻배와 행인〉을 얘기
하다가 말했다. '나는 나룻배/ 당신은 행인' "당신을 안으면 깊으나 얕으
나 급한 여울이나 건너가고, 물만 건너면 돌아보지도 않고 가버리는 당신
을, 밤에서 낮까지 기다리는 이, 당신이 언제든지 오실 줄을 믿으며 날마
다 낡아가는 이는 우리 곁에 있는 바로 그분이지요?"

자식은 제 앞가림하느라 바빠서 부모님을 까맣게 잊고 살아도, 언제나
자식을 기다리며 하루하루를 보내고 있는 이, 주어도주어도 모자라서
더 주고 싶어 하는 이, 서 말 여덟 되의 피를 흘려서 낳아주고 여덟 섬
너 말의 젖을 먹여서 길러놓고도 그것을 수고롭다고 생각하지 않는 이,
이렇게 무조건적인 사랑을 베푸는 이가 부모님 말고 누가 또 있을까.

자식이 어릴 때는 온전히 부모의 보호아래 있어야 하니까 어쩔 수
없다 해도 자라고 나면 자식에 대한 걱정은 잊어버릴 만도 하건만, 어머
니 마음속엔 언제나 자식걱정이 살고 있다. 부모 십대은 중에서도 원행억
념은(遠行憶念恩-먼 길 떠난 자식을 염려하고 기다리는 은혜)에 이르면
늘 가슴이 먹먹해진다. 오늘날의 자식들은 모두 먼 길 떠난 자식들이기
때문이다. 부모님과 함께 살고 있는 성인자식도 드물지만 함께 살고 있거
나 따로 살고 있거나, 문밖만 나서면 먼 길이다. 농경사회와는 달리 문밖
에는 언제나 달리는 흉기가 있고 도처에 위험이 도사리고 있다. 그러니
부모님 마음은 언제나 자식을 걱정하고 자식을 기다리고 있을 수밖에

없는 것이다.

'구경연민은(究竟憐愍恩)'은 또 어떤가? 부모님은 자신의 생명이 다할 때까지 자식걱정에 여념이 없다. 자식이 훌륭하게 자라서 사회에서 큰일을 하고 존경받는 위치에 있거나, 처자식 건사하기에 힘들어하는 가장이거나 가정을 꾸려나가느라 힘든 주부이거나 간에 부모에게는 언제나 측은하고 염려되는 어릴 적의 자식 그대로인 것이다.

만해선사의 시 〈나룻배와 행인〉에서 우리는 보살정신(菩薩精神)을 이야기하지만 그 보살의 화신(化身)이 바로 우리들의 부모가 아닌가.

자신이 필요할 때만 나룻배를 찾다가 물만 건너면 돌아보지도 않고 가버리는 자식이지만, 나룻배는 오늘도 눈비를 맞으며 낡아가면서 '밤에서 낮까지 당신을' 기다리고 있다.

생각할 문제

1 자신이 생각하는 죽음의 의미는 과연 무엇인가?

2 위의 글에서 말하는 '나만의 길, 사명감을 가지고 가야 하는 의미 있는 길'은 과연 무엇을 말하는 것인가? 내가 원하는 나만의 삶의 방향은 어떤 것들이 있는가?

3 각자 생각하는 '진정한 삶의 보람'을 찾는 일은 어떤 것인지 생각해보고 그것을 함께 이야기해보자.

4 미국의 시인 로버트 프로스트(Robert Frost)의 〈가지 않은 길〉에 대한 자신의 감상을 나누어보자.

5 자신이 추구하는 삶이 우리 현실에서 어떠한 현실적인 이득이나 보상이 없어도 계속 갈 수 있는가?

6 불교경전 '부모은중경'에 있는 부모의 열가지 은혜에 대해서 이야기해보자.

7 현재 한국인의 효의 모습에 관하여 생각해보자.

8 부모님의 은혜에 감사하며 자신의 마음을 나타내는 짧은 글을 써보자

행복한 삶 그리고 꿈꾸는 우리

김정희, 「덴마크에서 나는 무엇을 얻었나」, 『오마이뉴스』, 2017.

　이 글은 독자들인 만드는 뉴스 『오마이뉴스』에 실린 기사이다. 저자가 스웨덴을 직접 방문하여 보고 느낀 생생한 현실을 적은 글이다. 스웨덴은 평등과 신뢰가 살아있는 일터로 출근이 즐겁고 비판이 자유로운 언론, 사회정의가 살아 있는 나라로 일컫는다. 신뢰를 기반으로 한 상생의 협동조합, 공동체 생활 속에서도 자유가 보장된 나라이다. 그래서 50%가 넘는 세금을 걷어도 기꺼이 낼 수 있는 나라라고 할 수 있다.

　우리 교재에 인용된 부분은 덴마크 교육과 관련된 부분이다. 저자는 덴마크인들이 행복한 이유를 교육에서 찾고 있다. 그 모든 것이 가능한 이유는 150여년이 지난 지금에도 그들의 교육 현장과 삶 속에 그룬트비 정신이 살아있기 때문이다. 그곳에는 환타지와 같은 에프터스콜레가 있는데 1년쯤 쉬어가면서 삶을 조망할 수 있는 학교가 있다. 저자가 그곳 덴마크에서 보았던 '희망의 씨앗'을 한국에 전하고 싶어 한다. 모두가 행복한 삶을 살 수 있는 꿈을 꾸는 작가의 바람이 이 글에 성실히 나타나며, 올바른 교육관이 무엇인지 돌아보게 한다.

| 저자소개 |

김정희(1965~ 　　)

심리학 박사. 독서심리상담 전문가, 부모교육 전문가.
현)서울시 학생상담자원봉사자.
현)한국에니어그램교육연구소 전임교수이다.
청소년 상담봉사를 하면서 학생들과 부모가 행복하기위한 교육방법을 도모하기 위하여 덴마크의 교육제도에 관심을 갖게 되었고, 다양한 교육현장을 견학하게 되었다.

꿈틀 비행기 6호 탑승기 –덴마크에서 나는 무엇을 얻었나

내가 꿈틀비행기 6호에 탑승한 것은 내 눈으로 직접 덴마크 사람들이 왜 행복한지를 확인하고 싶었기 때문이다. 꿈틀비행기는 오마이뉴스가 주최하고 오연호 대표가 리드하는 7박9일 과정의 덴마크 견학여행이다.

나는 오 대표가 덴마크에 대해 쓴 책 〈우리도 행복할 수 있을까〉를 읽었고 그의 강연까지 들은 터라 궁금증이 잔뜩 부풀어 올라 있었다. 덴마크는 어떤 교육제도와 교육문화를 가지고 있기에 초등학생 때의 밝은 표정이 중학생, 고등학생이 되어서도 유지되고 있을까? 나는 그 비밀을 내 눈으로 보고 싶었다.

덴마크에 도착했을 때 가장 인상적인 것은 변화무쌍한 하늘이었다. 해가 떠 있던 멀쩡한 날씨인데도 갑자기 먹구름이 몰려오더니 비를 뿌린다. 제대로 소나기를 퍼붓는 것도 아니고 찔금찔금 우산쓰기에 미안한 정도로 비가 내렸다 맑았다 한다. 한 하늘에 파아란 하늘과 흰구름 먹구름이 공존한다.

저녁노을은 총천연색을 연출해 감탄을 자아내지만, 하루 종일 맑은 날을 보기는 힘들다. 날씨가 가장 좋은 계절이라는 여름도 이렇다. 1년에 해 뜨는 날이 50일밖에 안된다고 하니, 덴마크의 날씨는 형편없다. 그런데도 덴마크 사람들은 왜 세계에서 가장 행복한 이들이 되었을까?

중학교 졸업후 '옆을 볼 자유'를 누리며 인생을 설계하는 학교

우리 일행 38명은 8월 9일 코펜하겐에 도착해 8월 15일까지 매일 전세버스를 타고 덴마크의 행복교육 현장들을 방문했다. 숲유치원부터 초등학교, 고등학교, 에프터스콜레, 교원노조, 교육청 등 각종 교육기관과 마을공동체 뭉크스가든까지 덴마크 사람들이 어떤 교육을 받고 어떤 가치를 가지고 공동체를 꾸려가고 있는지를 볼 수 있었다.

그 가운데 내 가슴을 가장 설레게 한 때는 12일 오전이었다. 우리는 아침을 일찍 먹고 코펜하겐에서 남서쪽으로 버스로 1시간 정도 달리면 나오는 한 학교로 향했다. 목적지는 수드웨스트셀런드 이드래쓰 에프터스콜레(Syd ø stsj æ llands Idr æ tsefterskole)다.

내가 오연호 대표의 책 〈우리도 행복할 수 있을까〉를 읽었을 때, 우리 아들의 중학시절을 생각하면서, 가장 부러워했던 것이 바로 덴마크의 에프터스콜레 제도였다. 버스 창가로 끝임 없이 펼쳐지는 밀밭을 보면서 나는 올해 3월에 오 대표의 서울 송파지역 강연을 들었던 때를 생각했다.

오 대표는 "에프터스콜레 제도는 덴마크 학생들을 '앞만 보고 달리는 경주마'가 아닌 '옆도 볼 수 있고, 뒤로도 갈 수 있는 창의적인 야생마'로 만든다"고 강조했고, 나는 그 순간 격하게 고개를 끄덕거렸다.

바로 그 곳을 향해 달려가고 있으니 내 가슴은 쿵쾅거렸다. 덴마크에는 248개의 에프터스콜레가 있는데, 우리로 치면 중3을 졸업한 학생들이 고등학교에 직행하지 않고 1년간 '옆을 볼 자유'를 누리면서 인생을 설계하는 과정이다. 덴마크의 10대 중 약 20%가 이 1년짜리 학교를 선택한다.

오전 9시20분, 우리는 나이가 1백년은 넘었을 법한 아름드리 나무들 사이로 난 좁은 학교입구 도로를 지나 드디어 이드랫츠 에프터스콜레에 도착했다. 1904년에 농업학교로 개교했고, 1970년부터 현재의 에프터스콜레로 전환된 이 학교는 136명의 학생과 28명의 교사가 근무하고 있다.

덴마크의 에프터스콜레들은 학교마다 특성이 있는데 이 학교는 크리스천 정신을 기반으로 하고, 국·영·수 공부와 스포츠의 조화를 교육과정의 중심에 두고 있었다.

버스에서 내려 주변을 둘러보니 첫눈에 들어오는 것이 널따란 천연잔디구장이다. 정규구장보다 넓어 보인다. "아, 부럽다"는 말이 여기저기서 나온다. 그런데 이 학교 체육 선생의 말을 들어보니 '참말로' 부럽다.

"지금 잘하지 않아도 괜찮아" 철학이 관철되는 학교

"우리 학교 학생들은 스포츠를 한 종목씩 집중적으로 하고 있습니다. 그런데 축구가 제일 인기가 많습니다. 약 60명 정도가 축구를 하지요. 그래서 이 운동장에서는 20명 정도 되는 여자들만 뜁니다. 남자들은 여기에서 5킬로미터 떨어진 또 다른 잔디구장에서 축구를 합니다."

이 넓은 구장이 단 20명의 여학생만을 위한 공간이라니. 부러움은 실내체육관을 둘러볼 때도 마찬가지였다. 풋살구장 크기의 넓고 깔끔한 실내체육관에 넋을 잃고 감탄하고 있는데, 우리를 안내하는 학생이 또 다른 문을 열어 보인다. 거기에 같은 크기의 실내체육관이 또 하나 있지 않은가?

"저기에서는 농구와 실내축구를 하고, 여기에서는 체조와 춤을 춥니다."

이렇게 넉넉한 공간에서 스포츠를 즐기면 조급함이 사라지고 절로 여유가 생기고 배려심이 생길 듯했다.

그런데 부러움은 시설만이 아니었다. 덴마크의 교육철학이 그러하듯이 이 학교의 스포츠 교육은 '지금 이미 잘하지 않아도 괜찮아'가 관철되고 있었다. 학생들은 1주일에 4번씩, 한번에 1시간30분씩 자기가 선택한 종목의 스포츠를 즐긴다. 농구를 가르치고 있다는 한 선생님은 말했다.

"우리는 초보자와 우수자가 함께 즐겁게 뛸 수 있는 분위기를 만듭니다. 학생들이 여러 곳에서 왔기 때문에, 서로 실력이 다르기 때문에, 잘하지 않은 학생도 참여하면서 학교생활을 즐길 수 있도록 도와주는 거지요."

그러자 우리 일행 중에 몇몇이 말한다.

"나도 이런 환경에서 축구를 했으면 얼마나 좋았을까?"

"나는 학교 다닐 때 축구하면 골키퍼를 주로 봤는데, 골을 먹었을 때 친구들의 질타가 두려워 그 후 축구를 그만뒀다니까요."

들고 보니 짠하다. 무엇이 잘못되었던 것일까? 우리는 왜 놀이가 경쟁이 되고, 누군가에겐 깊은 상처를 남겨주게 되었을까?

'지금 이미 잘하지 않아도 괜찮아'는 학비부담에서 '지금 부자가 아니어도 괜찮아'로 이어진다. 덴마크는 대학교육까지 학비가 전혀 없지만, 대학생이 되면 오히려 1인당 120만원의 '월급'을 지원비로 받지만, 에프터스콜레 과정은 사립이고 기숙형이고 선택 과정이기 때문에 학비를 낸다.

그래도 정부가 학비의 약 60%를 내주는데, 학부모는 1년에 부부수입에 따라 6백만원에서 9백만원까지 낸다. 이 학교에 꼭 오고 싶은데 6백만원을 마련할 수 없다면? 그렇다면 이 학교와 지자체에서 장학금을 추가 지원을 할 수 있다. 사회구성원들을 주눅 들지 않게 배려해주는 시스템은 이렇게 곳곳에서 작동하고 있었다.

이 학교의 학생들은 다른 에프터스콜레들처럼 아침의 시작을 다함께 모여 노래 부르기로 시작한다. 그리고 한 명의 학생이 나와 자신의 이야기를 나누는 5분 스피치를 한다.

덴마크 행복교육의 아버지인 그룬트비가 강조한 '살아있는 말'과, '살아있는 노래'를 나누면서 더불어 하루를 시작한다. 그리고 함께 배우고, 청소하고, 빨래하고, 밥하고 논다. 공동체 생활에서 문제가 발생하면 학생들 스스로 해결한다. 그야말로 삶의 학교다.

그래서일까? 개학한지 3일밖에 안됐지만, 우리를 안내한 학생 맨들러는 마치 몇 달째 이 학교에서 지낸 것처럼 안정감을 가지고 학교 이곳저곳을 소개했다. 그는 "축구를 좋아한다, 앞으로 축구 관련 전문가가 되겠다"고 말했다. 우리 일행에는 중고등학생 4명이 있었는데 그들이 이 학교를 둘러보고 감탄하고 부러워할 때마다 나는 아팠다. 참 미안했다.

"다른 사람을 도울 수 있는 사람이 되라"

초등학교 4학년 경부터 대학입시를 준비하기 위해 앞만 보고 달려가는 아이들이 많은 대한민국, 감수성이 예민한 나이의 아이들을 사회에 나가기도 전에 "나는 루저야"라는 생각을 품게 하는 사회, 우리는 어디서부터 다시 시작해야 되는 것일까?

그 답을 쉽게 찾지 못할 듯해 나는 더욱 우리 학생들에게 미안했다. 우리 일행은 선생님이 많았는데 몇몇 여자 선생님은 밝은 표정의 덴마크 학생들을 보면서 눈물을 훔치기도 했다.

이 학교 교장선생님인 리시 브라에(Lissi Braae)씨는 63세의 여성이었는데 25년째 교장으로 일하고 있다. 그는 우리에게 커피와 과일을 내주고 40분씩 두 차례에 걸쳐 자신의 교육철학과 실천사례를 열정적으로 설명했다.

그 중 내 마음에 새겨진 말은 "우리는 더불어 함께 하는 정신을 강조한다, 늘 학생들에게 다른 사람을 도울 수 있는 사람이 되라고 가르친다"는 거였다.

왜냐하면 이 교장 선생님은 말이 아닌 스스로의 실천으로 그것을 학생들에게 보여주고 있기 때문이었다. 그는 개인적으로 수년전 인도를 여행하던 도중 인도 청소년들의 열악한 교육환경을 목격하고 그들을 도와야겠다는 생각을 해 그곳에 인도 최초의 에프터스콜레를 만드는 것을 물심양면으로 지원했다.

"저는 인도에 에프터스콜레를 만드는 것을 지원해야겠다는 생각을 갖고 백방으로 노력했습니다. 지인들을 찾아가 부탁했지요. '나는 꿈이 있습니다. 그러나 돈이 없습니다. 이 일을 함께 해줄 수 있나요? 도와줄 수 있나요?' 그렇게 해서 꿈을 이룰 수가 있었습니다. 지금 인도 에프터스콜레에는 20명의 학생들이 있는데 한 학생마다 덴마크인 후원자가 한 명씩 있습니다."

이 지원 사업은 종교의 차이를 뛰어넘는 것이어서 인상적이었다. 인도의 에프터스콜레 학생들은 대부분 불교나 힌두교 신자라는데, 기독교정신을 기반으로 한 이 학교가 그들을 조건 없이 도와주고 있었다.

감동을 머금고 이 학교를 떠나 코펜하겐으로 돌아오는 버스 안, 우리는 오연호 대표의 사회로 견학 소감을 서로 나눴다. 다행인 것은 우리나라에서도 새로운 바람이 불고 있는 점이다.

강화도에는 우리나라 최초로 덴마크의 에프터스콜레를 모델로 한 꿈틀리 인생학교가 만들어져 30명의 학생들이 1학기를 성공적으로 마쳤다. 이 학교의 모토는 "쉬었다 가도 괜찮아, 다른 길로 가도 괜찮아, 지금 이미 잘하지 않아도 괜찮다"다.

시작이 반이라 하지 않았던가? 이 학교를 만든 오연호 대표의 소망대로 이런 학교가 우리나라에 5년 안에 20개가 만들어지고, 10년 안에 100개가 만들어진다면, 그래서 우리 아이들이 선택의 자유를 누리면서 1년 동안 '옆을 볼 자유'를 누린다면 얼마나 좋겠는가?

아이들에게 스스로 선택할 자유를 주세요

내가 덴마크에서 돌아 온지 1주일째, 이제 시차도 완전히 극복되었다. 군대에 가 있는 아들에게 면회를 가서 반가이 덴마크 이야기를 나눴다. 이제 나는 나의 행복을 위해, 우리의 행복을 위해 어떻게 꿈틀거릴 것인가?

함께 덴마크에 다녀온 이들로 만들어진 단체 카톡방과 밴드는 '그 후 이야기'가 쉼없이 올라온다. 내 꿈틀거림의 시작은, 내가 덴마크에서 확인한 소중한 가치를, 과거의 나 같은 젊은 엄마들을 만나 나누는 것이다. "엄마의 지나친 사랑은 때론 폭력이 됩니다. 아이들에게 스스로 선택할 자유를 주세요, 옆을 볼 자유를 주세요."

1 개인의 행복과 공동체의 행복이 상충되는 문제가 발생한다면, 둘 중 어떤 가치를 우선으로 문제해결을 할 것인가?

2 내 삶에서 1년을 쉬어갈 수 있는 '안식년'이 주어진다면 그 기간동안 무엇을 하고 싶은지 이야기해보자.

3 '지금 잘하지 않아도 괜찮아'라는 철학이 덴마크 학생들의 행복에 미치는 영향은 무엇인가? 또한 이러한 생각을 한국사회에도 적용할 수 있을까?

4 최근 공동체와 함께 하는 것을 꺼려하고 '혼밥, 혼술 문화'가 확산되고 있는 원인을 무엇이라고 생각하나? 이러한 현상에 대해 자신의 생각을 이야기해보자.

5 인간의 삶의 목적이 행복이라고 말하는 철학자들이 있는데, 행복한 삶이란 과연 어떤 모습인가? 행복한 삶을 살아가기 위한 방법은 무엇이라고 생각하는지 각자 소감을 이야기해보자.

우화로 세상 읽기

강용숙, 『여우네 학교가기』, 꿈소담, 2003

『여우네 학교가기』는 세 편의 단편동화를 수록한 책이다.

이는 마치 이솝우화를 보는 듯 믿지 않은 교활한 여우를 통해 우리가 가져야 할 진정한 가치가 무엇인지 쉽고 재미있게 알려준다. 이 책에는 그 외에도 낡고 오래된 아빠의 알람시계 때문에 벌어지는 한 가족의 파란만장 에피소드를 담은 「고물 시계 덕분에」, 팔려간 어린 송아지가 죽을 힘을 다해 어미 소를 찾아와 식구들을 감동시킨 「달려라 오두방정」 등의 동화가 담겨 있다.

우리 교재에 수록한 「여우네 학교가기」에서는 자식들을 동물학교에 보내 훌륭하게 키우고 싶은 붉은 여우의 이야기를 담았다. 귀족 가문이라며 뻐기기 좋아하는 붉은 여우는 새끼 여우들을 엘리트 동물 학교에 입학시키려 하지만 교장 원숭이가 여우는 교활하다며 받아줄 수 없다고 한다. 교장에게 협박을 하고, 갖가지 동물을 잡아 뇌물도 주지만 아무런 소용이 없다. 이 작품에 나타난 붉은 여우가 자녀를 학교에 입학시키기 위해 겪는 일련의 사건을 보면서 자식을 위한 부모의 마음은 사람이나 동물이나 마찬가지라는 사실을 알게 한다. 동물들에게도 감정이 있고, 부모 자식 간에 사랑이 있다는 것을 배울 수 있을 것이다. 작품을 읽고 부모님께 사랑의 인사를 전해보자.

| 저자 |

강용숙

목사. 어린이들에게 감동을 주는 동화를 쓰기 위해 애쓰는 동화작가. 한국문인협회, 한국아동문학회, 풀꽃아동문학회에서 활동하며 1991년 등단한 이후, 청구문화제 수필상, 한국아동문학 창작상, 한정동 아동문학상을 수상. 지은 책으로는『동화속에 맑은 생각이 퐁퐁퐁』,『예쁜마음 동시생각』,『냐옹이 언니』,『난 무섭지 않아요』를 비롯,「과학원리동화」,「위인전」,「전래동화」등이 있다.

여우네 학교가기

　뼈대 있는 귀족이라며 잘난 척하는 붉은 여우가 산언덕에 살았습니다. 붉은 여우는 자기의 귀여운 새끼들에게 가문에 걸 맞는 훌륭한 교육을 시키고 싶었지요.

　"아이들을 일류 학교에 보내서 장래에 가문을 빛내게 해야지. 헌데…… 어느 학교가 좋을까? 옳지! 엘리트 동물학교가 좋겠다."

　붉은 여우는 산 너머에 있는 '엘리트 동물학교'에 갔습니다.

　원숭이 교장을 만난 여우는 거만한 말투로 명령했습니다.

　"여우들 중에서도 우리는 특별한 귀족 가문인거 알지? 우리 애들을 잘 가르쳐 훌륭하게 만들어 줘."

　안경너머로 붉은 여우를 바라보던 원숭이 교장이 말했습니다.

　"여우는…… 좀 곤란한데요. 워낙 평판이 나빠서 다른 동물들이 함께 공부하는 걸 싫어하거든요."

　"뭣이 어쩌고 어째? 평판이 나쁘다니. 거 무슨 섭섭한 소리야?"

　붉은 여우가 교장에게 삿대질을 하며 달려들었습니다.

　"여우가 교활하고 남을 잘 속이는 것은 미련하다는 곰도 다 아는 사실이잖아요? 부모를 보면 그 자녀를 알 수 있어요."

　"천만에! 우리 애들은 착하기가 천사표야. 내 말을 안 들으면 살아남지 못할텐데…."

　붉은 여우는 눈빛을 사납게 번득이며 협박했지만 원숭이 교장은 꿈쩍도 하지 않았습니다. 붉은 여우는 생각할수록 원숭이 교장이 괘씸했습니다.

집에 돌아온 붉은여우는 아내에게 물었습니다.

"우리가 교활하고 남을 잘 속인다는데 정말 그렇게 생각해? 가만…… '교활하다'는 뜻이 뭐지?"

"교활하다구요? 나도 모르겠는데…. 얘들아. 너희들은 '교활'이라는 말 뜻이 뭔지 아니?"

새끼 여우들도 모른다고 고개를 흔들었습니다.

"이래서 공부가 필요해. 무슨 일이 있어도 우리 아이들을 엘리트 동물 학교에 보내서 훌륭하게 키워야겠어."

붉은 여우가 머리를 굴리고 있는데 아내여우가 이마를 '탁' 치며 소리 쳤습니다.

"좋은 방법이 있어요. 교장 선생에게 멋진 선물을 하는 거예요. 선물을 싫어하는 동물은 세상에 아무도 없잖아요?"

"뭐야? 난 그 건방진 원숭이를 어떻게 혼내줄까 생각중인데 선물을 주라고?"

"부모노릇이 쉽나요? 아이들을 위해서라면 무슨 일이든 해야죠. 자존 심을 버려요."

"……끄응."

화를 내던 붉은 여우는 아내가 시키는 대로 숲에 나가 사냥을 했습니 다. 여우는 토실토실 살찐 토끼와 한입에 먹기 좋은 들쥐를 잡아 자루에 넣었습니다. 그리고 학교에 갔습니다. 교장을 만난 붉은 여우는 사냥감 들을 책상 위에 우르르 쏟아놓았습니다.

"아니, 이게 다 뭡니까?"

원숭이 교장이 깜짝 놀라 뒷걸음질을 치며 소리쳤습니다.

"뭐긴, 선물이지. 싱싱하고 맛있는 것들이야. 이거 먹고 우리 아이들을 학교에 넣어 달라고. 쩝쩝쩝."

여우가 군침을 삼키며 말했습니다.

"어휴, 끔찍해라. 당장 가지고 가요. 고상한 원숭이는 죽은 짐승을 안 먹어요."

선물을 도로 짊어지고 돌아오면서 붉은 여우는 분해서 식식거렸습니다.

'얄미운 원숭이 놈. 내가 자존심 꾹 누르고 사정했건만 선물을 끔찍하다고? 내가 얼마나 무서운지 뜨거운 맛을 보여줄까? 아니야. 내 새끼들을 위해서 참아야지.'

붉은 여우는 마을에 내려가 원숭이 교장이 무엇을 좋아하는지 알아보았습니다. 마침, 문방구를 하는 줄무늬 고양이가 넌지시 말해주었어요.

"교장선생님은 과일과 야채만 먹어요. 그리고 멋진 안경을 모으는 것이 취미래요."

집에 돌아간 붉은 여우는 시무룩한 표정으로 아내에게 말했습니다.

"사냥하는 거라면 자신 있지만 과일과 야채를 어디서 구한담. 게다가 안경을 사려면 돈이 필요하잖아."

"뭐 그런 걸 가지고 걱정해요. 사냥한 것을 가게에 가지고 가서 과일과 안경으로 바꾸면 되잖아요? 절대로 꼼수 부릴 생각은 말아요. 정직한 여우가 되어야지요."

"맞다. 맞아. 역시 당신은 교활하군."

붉은 여우는 토끼와 들쥐를 바나나, 사과, 물소 가죽 테 안경으로 바꿨습니다.

교장을 찾아간 여우가 이번에는 공손히 머리를 숙였습니다.

"지난번에는 제가 실례를 했습니다. 저의 성의니 받아주시고, 부디 제 자식들을 입학시켜 주십시오."

원숭이 교장은 갑자기 공손해진 여우를 시험해 보기로 했습니다.

"선물은 필요 없어요. 모레 아침, 해가 미루나무 위에 뜰 때까지 아이들을 데리고 나오세요. 입학 자격시험을 보도록 하겠어요."

뛸 듯이 기뻐하며 돌아온 붉은 여우는 아이들에게 밤이 새도록 시험공부를 시켰습니다. 자기가 아는 대로 이름쓰기, 구구단 외우기. 그리고 착한 동물이 되는 법도 가르쳤습니다.

학교에 가는 날 아침이었습니다. 난데없이 너구리 두 마리가 집 앞에 나타나 고함을 지르기 시작했습니다.

"이 도둑놈. 이건 내가 만든 집이야. 더러운 냄새를 풍겨 우리를 쫓아내다니. 내 집 내놔. 이 얌체 같은 놈아."

"아침부터 재수가 없군. 이 봐. 어서 꺼지는 게 좋을 걸. 난 한 번 들어간 집은 절대 안 내놔."

붉은 여우가 너구리의 멱살을 잡고 싸우려는데 아내 여우가 말했습니다.

"너구리 말이 맞잖아요. 우린 지금 학교에 가야해요. 착한 부모가 되어야지요."

"으이구 젠장! 알았어, 알았다고."

여우가족이 울창한 숲을 벗어나 호숫가를 지날 때였습니다. 갑자기 멧돼지의 비명소리가 들려왔습니다.

"나 좀 살려줘. 다리가.... 나뭇가지에.... 걸렸어."

"그건. 네 사정이지. 난 지금 무척 바쁘거든."

그냥 지나가려는 아빠를 보고 새끼 여우들이 말했습니다.

"아빠, 어젯밤엔 이웃이 어려울 때 도와줘야 한다고 했잖아요?"

'그건....시험 답안용일 뿐인데...... 하는 수 없지. 착하게 사는 건 정말 귀찮은 일이군.'

붉은 여우는 속으로 투덜거리면서 호숫가로 내려갔습니다. 뚱뚱한 멧돼지가 커다란 나뭇가지에 끼어 버둥거리고 있었습니다.

"얘들아, 이 나무를 들어 올려야겠다."

"영차, 영차, 넘, 넘 무겁다아!"

"아야아, 조심해. 내 다리에 상처가 났잖아! 이왕이면 날 집까지 좀 데려다 줘."

붉은 여우는 화가 나서 소리쳤습니다.

"내 이럴 줄 알았다니까. 도와주면 도와줄수록 요구가 많아진다고. 애들 학교만 아니라면 어림도 없는데...... 으이구, 속이 끓는다. 끓어."

멧돼지를 데려다 준 여우네 가족은 학교를 향해 달렸습니다.

"아빠, 너무 힘들어요. 좀 쉬었다 가요."

"조금만 참아라. 이제 저 언덕만 넘으면 학교야."

그 때, 앞을 가로막는 동물들이 있었습니다.

"흐흐흐. 붉은 귀족님들께서 어딜 이렇게 바삐 가시나?"

"와, 쪽 빼입은 폼들이 근사한 곳에 가는 모양인데?"

길을 막고 시비를 거는 것은 누런 여우들이었습니다. 붉은 여우들은 누런 여우들을 깔보았기 때문에 만나기만 하면 원수처럼 싸우곤 했지요.

붉은 여우가 거드름을 피우며 말했습니다.

"흠, 재수 없게 천한 것들을 만났구먼. 오늘은 너희들을 상대할 시간이 없어. 비켜."

"누구 마음대로? 통행세를 내면 비켜주지."

붉은 여우가 주먹을 불끈 쥐고 다가갔습니다.

"누구 길인데 통행세야? 빨리 안 비키면 죽는다."

아내 여우가 남편을 막으며 물었습니다.

"통행세를 어떻게 내면 되죠? 원하는 대로 할테니 싸우지 말아요."

"역시 귀부인답군. 어렵지 않아. 우리 앞을 납작 엎드려 기어가면 돼."

붉은 여우가 눈을 부릅뜨고 소리쳤습니다.

"귀족이 천한 것들 앞에 엎드리다니 말도 안되는 소리!"

아내 여우가 발을 동동 굴렀습니다.

"여보, 지금도 늦었는데...... 어떻게 해요?"

"애들이 학교를 못가는 한이 있어도 저런 놈들에게 절대로 고개를 숙일 수는 없어."

새끼 여우들이 주저앉아 울기 시작했습니다.

"이웃들과 사이좋게 지내야 한다면서 아빠 왜 만날 싸워요? 아빠 때문에 우리는 학교 못 다니겠다. 잉잉."

붉은 여우의 얼굴이 빨개졌습니다. 한동안 머뭇거리던 여우가 꼬리를 내리고 조그만 소리로 말했습니다.

"너희들을 무시한 건 미안해. 앞으로는 싸우지 말고 잘 지내자."

"그 정도론 안 되지. 엎드려 사과해."

젊은 여우가 고개를 흔들자 나이든 여우가 말했습니다.

"거만한 여우가 미안하단 말을 하다니 그것만도 대단한 일이야. 그만 보내줘라."

여우가족이 헐레벌떡 학교로 달려가니 교문 앞에 원숭이 교장이 서 있었습니다. 교장은 여우네 가족을 보더니 하늘을 가리켰습니다.

"해가 벌써 서쪽으로 기울었군요. 시험시간은 이미 지났어요."

붉은 여우와 아내는 허리를 굽히며 사정했습니다.

"교장 선생님. 한 번만 봐 주세요. 오다가 갑작스런 일들이 있었어요."

원숭이 교장은 잠시 빙그레 웃었습니다 그리고 여우에게 무언가를 내밀었습니다. 그것은 후박나무 잎사귀에 쓴 '합격' 통지서였지요.

원숭이 교장이 말했습니다.

"당신들을 '엘리트 동물학교' 가족으로 허락합니다. 너구리와 멧돼지가 당신들을 시험한 거예요. 휘파람새가 벌써 소식을 전해 주었지요."

"뭐, 뭐라구요?"

어리둥절하여 되묻는 아빠에게 새끼 여우들이 팔짝팔짝 뛰며 소리쳤습니다.

"아빠, 합격이래요. 합격! 와 신난다."

아내 여우도 엄지손가락을 치켜세우며 말했습니다.

"여보! 합격이래요. 당신은 정말 최고 아빠예요."

붉은 여우는 머리를 긁적이며 생각했습니다.

'칭찬 받으니 기분이 좋은 걸.'

〈끝〉

생각할 문제

1 '우화'는 인간 이외의 동물 또는 식물에 인간의 생활감정을 부여하여 사람과 꼭 같이 행동하게 함으로써 그들이 빚는 유머 속에 교훈을 나타내려고 하는 설화(說話)이다. 이러한 우화의 특징은 무엇인가?

2 위의 글에서 말하는 '좋은 부모'란 무엇인가? 자신이 생각하는 좋은 부모의 모습은 어떤 것인가?

3 우리가 살아가는 사회에서 '학력지상주의'가 만연하고 있다. 이런 현실에 대한 자신의 생각을 이야기하고, 문제를 해결할 대안이 있다면 말해보자.

4 자신이 감상한 흥미로운 우화가 있다면 그 내용을 소개해보자.

5 지금까지 받은 다양한 교육 중 가장 기억에 남는 교육이 있다면 이야기해보자.

참고문헌

강용숙, 『여우네 학교가기』, 꿈소담, 2003.

권정희, 『공부가 즐거워지는 독서토론』, 미래지식, 2018.

김만호, 『다문화가정의 교육전략은 따로 있다』, 마음서재, 2020.

김민영 외, 『책으로 통하는 아이들』, 북바이북, 2019.

김정인, 『나를 앓던 계절들』, 디어나잇, 2019.

김정희, 「덴마크에서 나는 무엇을 얻었나」, 『오마이뉴스』, 2017.

김현경, 배철우, 『미래를 여는 힘 독서토론』, 정인, 2016.

김형근, 『감성과 실용의 글쓰기』, 보고사, 2013.

마르쿠스 베른센, 오연호 역, 『삶을 위한 수업』, 오마이북, 2020.

박수밀, 『오우아(吾友我): 나는 나를 벗 삼는다』, 메가스터디북스, 2020.

박수밀, 『열하일기 첫걸음』, 돌베개, 2020.

박은미, 『가족모티프와 근대시』, 한국문화사, 2009.

박희, 「우리문화산책」, 『국방일보』, 2012.

박인기, 김슬옹, 정성현, 『토론 교육 무엇을 어떻게 가르칠 것인가』, 한우리
　　　　북스, 2014.

송태현, 『상상력의 위대한 스승들』, 살림, 2005.

신춘호 외, 『옛길이 들려주는 이야기』, 지식의 날개, 2017.

안외순, 『정치, 함께 살다』, 글항아리, 2016.

안데르센, 윤후남 역, 『안데르센 동화전집』, 현대지성, 2016.

오연호, 『우리도 행복할 수 있을까』, 오마이북, 2014.

유몽인 저, 신익철, 이형대, 조용희, 노영미 옮김, 『어우야담』, 돌베개,
　　　　2009.

이혜선, 『문학과 꿈의 변용』, 푸른사상, 2012.

이명현, 『고전서사와 문화콘텐츠 스토리텔링』, 경진출판, 2017.

이복규, 『톡톡 안녕하십니까』, 책봄, 2020.

이숙인, 『되살아 나는 여성』, 여이연, 2019.
인문콘텐츠학회, 『문화콘텐츠 입문』, 북코리아, 2006.
임정진, 『상어를 사랑한 인어공주』, 푸른책들, 2004.
조규익, 『어느 인문학도의 세상 읽기』, 인터북스, 2009.
정민 외, 『한국학, 그림을 그리다』, 2013.
정성현, 『생각하는 힘을 키워주는 역사논술』, 아이북, 2003.
정성현, 『얘들아, 신화로 글쓰기하자』, 꿈터, 2015.
정성현, 『나가자! 독서 마라톤 대회』, 꿈터, 2017.
정성현, 『함께 독서』, 꿈터, 2018.
정성현, 『세상에서 가장 아름다운 상처』, 꿈터, 2020.
정영문, 『텍스트와 콘텍스트』, 학고방, 2011.
플라톤, 강윤철 역, 『소크라테스의 변명』, 스타북스, 2020.
채샘, 『오늘을 잘 살아내고 싶어』, 연지출판, 2020.
하경숙, 『고전문학과 인물 형상화』, 학고방, 2016.
하경숙, 『네버엔딩 스토리 고전시가』, 경진출판, 2014.

자유롭게 자신의
글을 쓸 수 있다

Memo

Memo

Memo

Memo

Memo

Memo

Memo

Memo

Memo

Memo

Memo

Memo

/ 저자 소개 /

정성현

용인송담대학교 강사.
교육커뮤니케이션연구소장 세종국어문화원 인문학연구소장. (사)전국독서새물결
모임 전문위원. 교보문고 리딩트리 독서코칭강사, 작가.
주요저서로 『함께 독서』, 『지글보글 맛있는 글쓰기』, 『토론교육, 무엇을 어떻게
가르칠 것인가(공저)』 등 교육도서와 『나가자! 독서마라톤대회』, 『세상에서 가장
아름다운 상처』 등이 있다.

하경숙

문학박사. 용인송담대학교 강사. 선문대학교 교양학부 계약제교수. (사)온지학회
법인이사, 숭실대 「문학과예술연구소」 연구원. 동양문화연구원 이사, 시조학회 이
사, 진단학회 이사. 우리 고전문학에 나타난 다양한 인물의 형상화 방식과 후대
변용을 살피는 작업을 하고 있다. 고전문학은 여전히 다양한 방법으로 유통되고
있다는 사실에 착안하여 연구의 다양한 스펙트럼을 넓히고 있다. 2017년 세종도서
학술부문 선정. 저서로는 『한국 고전시가의 후대 전승과 변용 연구』, 『네버엔딩
스토리 고전시가』, 『고전문학과 인물 형상화』가 있고, 그 외 논문은 다수가 있다.

김정인

용인송담대학교 강사. 문학석사. 학부는 언론과 영화를 전공. 여성과 청년, 우울
등에 관심을 가지고 연구하고 있다. 에세이집 『나를 앓던 계절들』을 펴냈다.

대학생을 위한
맛있는 독서토론

초판 인쇄 2020년 8월 31일
초판 발행 2020년 9월 8일

저   자 | 정성현·하경숙·김정인
펴 낸 이 | 하운근
펴 낸 곳 | 學古房

주   소 | 경기도 고양시 덕양구 통일로 140 삼송테크노밸리 A동 B224
전   화 | (02)353-9908 편집부(02)356-9903
팩   스 | (02)6959-8234
홈페이지 | http://hakgobang.co.kr/
전자우편 | hakgobang@naver.com, hakgobang@chol.com
등록번호 | 제311-1994-000001호

ISBN 979-11-6586-104-9 93800

값 : 10,000원